# 서점의 말들

내가 정말 알아야 할 모든 것은
서점에서 배웠다

윤성근 지음

앨리스는 구멍의 벽면을 쳐다보았고,
벽들이 선반들과 책장들로 가득 차 있음을 알게 되었다.

— 루이스 캐럴, 『이상한 나라의 앨리스』

들어가는 말
언제나 나를 위한 장소

서점은 한없이 조용한 곳이면서 동시에 온갖 소음으로 넘쳐나는 이상한 장소다. 적어도 내가 어릴 적 처음으로 문을 열고 들어갔던 작은 동네 서점을 떠올려 보면 그렇다. 그곳은 마치 아무것도 없는 적막한 공간처럼 무서운 기분을 자아냈는데 정신을 차리고 보면 주위가 모두 책으로 빼곡하게 들어차 있었다. 세상에 그렇게 많은 책이 있다는 것을 그때 처음 알았다.

그리고 늘 사람들이 있었다. 책 읽는 사람, 지갑에서 돈을 꺼내는 사람, 웃으며 이야기를 나누는 사람, 시계를 보는 사람, 종이에 무언가를 쓰는 사람, 앞치마를 두른 사람, 양복을 입은 사람, 짙은 화장을 한 사람, 이상한 냄새가 나는 사람, 지금은 내 기억에서 영원히 사라진 사람들까지. 30분 정도 서서 살펴보니 서점은 결코 한적한 곳이 아니었다. 쏟아질 듯 쌓인 책과 책 주위를 서성거리는 사람들이 만드는 시끌벅적한 시장 같았다.

나는 딱히 무슨 책을 살 것도 아니면서 서점에 자주 놀러 갔다. 말 그대로 서점이 내 놀이터였다. 어떤 계시 같은 것이 있었다거나 하는 소설 같은 이야기는 없고, 대신 특별한 목적이

한 가지 있었다.

　중학교 2학년 때 우리 반에 오신 교생 선생님을 좋아했다. 큰 키에 안경을 쓴, 약간 무뚝뚝한 표정이 수업 첫날부터 내 관심을 끌기에 충분했다. 지금 생각해 보면 당시 선생님의 나이는 분명 20대 중반 정도였을 텐데 무심한 표정 때문인지 더 나이 들어 보였다. 부정적인 의미가 아니라, 똑똑하고 아는 게 많아도 굳이 겉으로 드러내 보이고자 하지 않는, 연륜이 깊게 쌓인 어른이라는 느낌 때문이었던 것 같다.

　여름 방학 때 담임 선생님께서 재미있는 숙제를 하나 내 주었다. 방학 동안 자신만의 예술 작품을 하나씩 만들라는 것. 주제는 어떤 것이든 괜찮다고 했다. 시, 소설 같은 문학부터 그림 그리기, 사진 찍기, 채집 활동 등 갖가지 예를 들며 예술에는 경계가 없으니 방학 동안 무엇이라도 마음껏 해 보라고 우리를 응원했다. 나는 무언가 멋진 것을 만들어서 선생님께 칭찬을 듣고 싶었다. 아니, 더 솔직하게 방학이 끝나면 실습을 마치고 우리와 헤어질 교생 선생님께 어떤 식으로든 깊은 인상을 심어 주고 싶었다. 고민을 거듭해 과자 상자를 재활용한 장난감을 만들기로 했다. 오롯이 내 아이디어는 아니었고 그즈음 일본 작가 기우치 가쓰가 쓴 『공작 도감』을 재미있게 읽었는데 그 책에서 힌트를 얻었다. 물론 책에 나온 것을 그대로 베끼지는 않았다.

　드디어 개학 날, 좀 더 눈에 띄고 싶은 생각에 『공작 도감』에 나온 것보다 훨씬 크게 만든 과자 상자 장난감을 들고 교실에 들어섰다. 아이들은 모두 내가 만든 크고 멋진 작품에 감탄하는 눈치였다. 나는 그것을 늠름하게 들고 나가 교탁에 올려

놓고 아이들 앞에서 큰 목소리로 설명했다. 그러면서 연신 옆에 서 있는 교생 선생님을 힐끗힐끗 쳐다보았다. 선생님은 여전히 무뚝뚝한 표정으로 서 있었지만 내 눈에는 입꼬리를 살짝 올려 옅게 미소 짓는 것처럼 보였다.

개학식을 마치고 바라던 일이 일어났다. 교생 선생님이 나를 교무실로 따로 부른 것이다. 두근거리는 가슴을 진정시키기 어려웠다. 무슨 말을 듣게 될까? 칭찬하실까? 한껏 들떠서 교무실로 들어섰지만 기대했던 마음이 무색하게 결과는 매우 허무했다. "방학 숙제로 만들어 온 작품이 아주 멋지더구나. 그런데 다른 것을 조금 흉내 낸 것 같아서 아쉬웠다." 순간 화가 나서 대꾸했다. "세상에 장난감이 얼마나 많은데요. 완전히 새로운 게 어디 있나요? 다들 비슷할 수밖에 없잖아요!"

무례하게 굴었던 나를 야단치실 수도 있었을 텐데, 선생님은 그저 침착하고 낮은 목소리로 이렇게 말씀하셨다. "너는 책을 좋아한다고 들었는데 그러면 서점에도 많이 가 봤겠구나? 시장에 있는 서점에도 가 봤니? 거기 있는 책이 모두 몇 권일지 생각해 본 적 있니?" 나는 선생님이 갑자기 왜 그런 말을 하는지 몰라 시무룩하게 대답했다. "엄청 많겠죠. 그걸 어떻게 일일이 세어 봐요?" 선생님은 미소를 지으며 서점에 다시 한번 가보라고 하셨다. 대신 이번엔 반드시 무슨 책을 사야겠다는 생각은 하지 말고 그저 서점에 가서 책들을 가만히 바라보라고 했다. "다 똑같이 생긴 것 같지만 그 많은 책이 서로 흉내 내지 않고 모두 다른 내용을 담고 있거든. 멋지지 않니?" 솔직히 이해하지 못했다. 뭐가 멋지다는 말인지.

그래도 며칠 후 서점에 갔고 거기서 무언가 다른 모습을 발견하려 애썼다. 다음 방문 때도 그 다음 방문 때도 꾸준히 다른 모습을 찾으려 노력했다. 그리고 결과적으로 이 일이 서점에 대한 시선을 크게 바꾼 계기가 되었다. 아주 오랜 시간이 걸렸지만 생각의 폭이 조금씩 넓어지기 시작한 거다. 책을 사는 것만이 아니라 만지고, 책과 이야기 나누고, 책이 하는 말을 듣는 것을 이 시기에 이렇게 모두 서점에서 배웠다.

이제는 어떤 이유로든 서점에 가는 게 자연스럽다. 책을 사는 것도 자연스럽고, 책을 사고 싶은 생각이 전혀 없을 때 들르는 것도 자연스럽다. 책을 사든 사지 않든 서점이 늘 나를 기다리고 있다는 생각을 하기도 한다. 그곳만은 언제나 나를 위한 장소일 거라는 믿음. 얼마나 멋진 일인지!

서점은 아주 묘한 장소다. 그저 책이라는 물건을 파는 가게일까? 아니다. 책 가게로 한정 짓기에는 거기에 담을 수 있는 이야기가 너무 많다. 서점은 온갖 것을 다 품고 있는 장소다. 서점의 말들, 서점이 들려주는 소리에 가만히 귀 기울이면 서점은 그 모든 이야기들을 하나씩 꺼내 놓는다. 어렸을 때 동전 몇 개를 들고 서점을 찾은 이후로 나는 언제나 서점의 단골이었고 거기서 들려오는 말에 귀 기울였다. 대학을 다니면서, 졸업하고 회사에서 일하면서도 귓가를 간지럽히는 서점의 말들은 계속 나를 사로잡았다. 그리고 끝내 내가 회사를 그만두고 서점 주인이 되도록 이끌었다. 서점 주인이 되고 나니 손님일 때는 듣지 못했던 소리까지 들려 왔다. 그렇게 수집한 비밀스러운 말들을 이제 여기에 조금 풀어놓는다.

조용히 서점 문을 열고 들어가면 매번 새로운 저마다의 이야기가 시작된다. 이 책은 그러니까, 서점이라는 긴 이야기에 붙이는 100개의 짧은 주석이다.

# 등장인물

## 나

서점 주인이자 이 책의 화자. 아주 어릴 때부터 책과 서점을 좋아했고 학교를 마치면 집보다 서점으로 먼저 향했다. 서점 주인이 일하는 모습이 편해 보여서 어른이 되면 꼭 서점을 차리겠다 마음먹었다. 하지만 정작 대학에서는 컴퓨터 공학을 전공했고 졸업 후에는 IT 회사에서 일했다. 먼 길을 돌아 서른 살 되던 해 서울 은평구에 작은 서점을 열었다. 그때부터 지금까지 그 서점에서 읽고 쓰고 책 다루는 일을 한다.

## G

부리부리한 눈이 특징인 미스터리한 서점 단골손님. 생긴 것만큼이나 생각하는 것도 독특하다. 필요한 책은 도서관에서 빌리는 것보다 서점에서 사는 게 좋다는 생각을 가지고 있으며, 책에 관해서만큼은 과소비를 즐긴다. 딱히 별스럽지는 않지만 한동안 정신과 치료를 받은 일이 있다. 그는 그 원인이 'W' 때문이라고 때때로 말했다. 어쩌면 그가 유년기에 겪은 어떤 사건의 트라우마 때문일지도 모르고.

## N

대학에서 학생들을 가르치다가 그만두고 소설을 쓰고 있다. 나이는 확실치 않지만 60대 정도로 보인다. 외국 여러 나라에서 살았던 경험이 있다. 한때 그가 쓴 소설이 외설스럽고 부도덕한 내용이라는 평가를 받기도 했다. 말이 많은 편이지만 그 이야기들이 지루하지는 않다. 특히 내가 운영하는 서점에 올 때면 'L'이라는 어린 소녀에 대해 자주 말하는데, 그 소녀가 실제로 존재하는지, 그가 지어낸 이야기 속 인물인지 지금도 잘 모르겠다.

## K

'나'와는 고등학생 때 한 서점에서 우연히 만나 알게 된 사이다. 내성적이고 말수가 적고 우울증이 있다. 스스로 자신의 상태를 잘 알고 있는 듯하다. 여행은 거의 다녀 본 적이 없고 회사 생활을 성실하게 하고 있으며 퇴근하고 밤이 되면 소설을 쓴다. 존재감 없는 성격 탓인지 서점에 자주 등장하는 단골손님이지만 다른 사람은 그를 거의 알아보지 못한다. 서점 주인인 내가 본 바로는 소설을 꽤 잘 쓰는 것 같은데 정작 본인은 작품을 세상에 내놓고 싶은 생각이 별로 없어 보인다.

책방이란 '장소'보다는
'사람'을 가리키는 말이라고
생각합니다. 책을 사러
가는 것보다 가게 주인을
만나러 간다는 것이 큽니다.

기타다 히로미쓰, 『앞으로의 책방』 62쪽, 여름의숲, 2007.

서점이란 무언가를 '사러' 가는 곳이라기보다 그 무언가를 '만나러' 가는 곳이라고 해야 옳다. 책을 사는 게 아니라 만나는 곳. 서점에서 만난 책을 통해 우리는 그 책을 쓴 저자, 즉 사람을 만나고 그 사람을 통해 또 다른 사람과 연결된다. 서점은 그렇게 우연한 만남과 필연적인 마주침이 이어지는 커다란 미로와 같다. 때론 서점에서 아무런 책도, 어떤 사람도 만나지 못할 때가 있다. 하지만 그런 때에도 우리는 늘 이 한 사람만큼은 만난다. 바로 서점 주인이다.

서점 주인은 서점 그 자체이며 서점으로 들어가는 또 다른 문이다. 서점에는 언제나 그 문과 이 문, 두 가지 문이 존재한다. 많은 사람이 서점 입구의 문을 열고 들어가서 책을 산 다음 다시 그 문을 통해 나간다. 그리고 "나는 그 서점에 가서 책을 샀다"고 말한다. 그러나 이런 경우, 책을 산 것은 맞지만 어떠한 것도 만나지는 못한 것이다. 뭔가를 만나려면 이 두 번째 문, 서점 주인이라는 문을 마주하고 그 안으로 들어가야 한다. 들어가서 주인을 만나고 그를 통해 이어진 책장을 구경하면 그때부터 책과 만나는 또 다른 즐거운 경험을 할 수 있다.

서점을 지키고 있는 주인이 가끔은 사찰 입구에 있는 무서운 사천왕처럼 부담스러울 때도 있을 것이다. 불친절하거나 말 한마디 붙이기 어려울 정도로 과묵한 주인을 만났을 때, 그가 사람이 아니라 어려운 제목의 책이라고 생각해 보라. 그는 사실 아무것도 아니다. 무거운 마음을 떨치고 과감하게 첫 페이지를 여는 순간 진짜 서점으로 통하는 두 번째 문이 활짝 열린다.

서점 주인과 친해져야 해요.
주인이 당신을 신뢰한다면
안쪽으로 데려가서 더 많은
자료를 보여줄 거예요.

파리 리뷰, 『작가란 무엇인가3』 149쪽, 다른, 2015.

손님이 왕이라는 말이 있는데, 그건 확실히 서점이라는 가게에는 적용할 수 없다. 서점에서는 주인이 왕이다. 손님은 대개 손님일 뿐인데 영원히 손님으로만 남을지, 언젠가 서점 주인의 친구가 될지는 둘 사이의 '신뢰 쌓기'에 달려 있다.

어떤 서점 주인은 숨기는 것이 많다. 주인만 아는 멋진 책, 멋진 장소가 있기 마련인데, 그 혼자만 아는 보물 창고를 구경하려면 꾸준한 노력이 필요하다. 나는 초등학생 때부터 서울 연신내 상가 골목에 있는 '문화당서점'에 손님으로 드나들었다. 청소년 시절엔 계절마다 한두 번 정도 갔지만 대학생이 되고부터는 한 달에 몇 번씩도 갔다. 직장 생활을 하고 돈을 벌기 시작하면서는 더 자주 갔고 책도 많이 샀다. 좋은 책이 많았다. 이즈음 나는 문화당서점 사장님이 가지고 있는 시집 컬렉션이 범상치 않은 것을 느꼈다. 이야기를 나눠 보니 사장님은 청년 시절에 시인이 되고 싶어서 시 공부를 많이 하셨단다. 그렇게 방문할 때마다 이야기 주고받기를 몇 년 동안 이어갔다.

결국 나는 사장님의 친구가 되어 비밀 공간에 초대받았다. 거기서 본 것을 말로 다 설명하긴 힘들다. 각종 절판본과 우리나라에선 보기 힘든 호화장정의 책들, 저자 서명본, 육필 원고, 대판형 시집들로 가득한 공간이었다. 나는 그것들을 감히 만져볼 엄두조차 내지 못했다.

40년 넘게 그 골목을 지킨 문화당서점은 대형 중고서점이 근처에 들어오고 나서 2016년에 문을 닫았다. 하지만 내게는 여전히 그 모습이 생생하다. 그곳은 내게 진정한 전설 속 알렉산드리아도서관이었다.

그 '린린도'는 정말 좋아하는
장소였는데, 책을 살
돈이 없어 책장 사이를
한 바퀴 돌기만 해도 기분이
풍요로워졌다.

유즈키 아사코, 『서점의 다이아나』 211쪽, 한스미디어, 2015.

서점은 손님이 물건(책)을 구입하지 않아도 괜찮은 가게다.

우리는 책이라는 물건을 언제부터 돈과 교환하게 되었을까? 최초의 책은 사고팔 수 없는 귀한 물건이었다. 그것을 가질 수 있는 방법은 두 가지, 책을 직접 쓰거나(베끼는 것도 포함) 훔치는 것뿐이었다.

현대에 와서 이 두 가지 중 하나, 베껴서 갖는 방법은 거의 사라졌지만 책을 훔치는 것만큼은 여전히 살아남았다. 지금도 전 세계 서점에서 생각보다 많은 책이 느닷없이 사라지고 있다. 그런데 책을 훔치거나 돈으로 사지 않아도 책을 가질 수 있는 방법이 있다. 책장들 사이를 어슬렁거리는 것, 책과 책 사이를 기웃거리는 것이다.

물론 기웃거린다고 실물 책을 가질 수 있다는 의미는 아니다. 그런데 우리가 무엇을 가진다고 했을 때 그것이 꼭 실체가 있는 물건을 대상으로 하는 것은 아니다. 우리가 이미 가진 보이지도, 잡히지도 않는 것들처럼 말이다. 희망을, 소망을, 사랑을, 목표를, 의지를 우리는 손에 쥐고 있지 않아도 이미 가지고 있다. 책장 사이를 어슬렁거리고 책을 기웃거리는 것으로 어느새 우리는 그 책을 가진 사람이 될 수 있다.

좋아하는 린린도 서점을 기웃거리고, 그 주위를 맴돌던 한 소녀는 나중에 그 서점에서 일하게 된다. 나도 마찬가지였다. 책을 읽고 싶고, 가지고 싶고, 그 안에 길게 뻗은 미지의 길을 걷고 싶던 한 어린 '젠틀 매드니스'는 결국 그만의 서점을 갖게 됐다. 거기서 일하고, 거기 있는 책을 갖고, 전에는 가질 수 없다고 믿었던 더 많은 것을 가지게 됐다.

☞ 젠틀 매드니스에 대한 묘사가 궁금하다면 [문장 064]로 가시오.

책을 샀을 때 그 책은 분명히
독자의 소유물이 된다.
옷가지나 가구를 샀을 때와
마찬가지다. 하지만, 책의
경우 이것은 겨우 일의
시작에 불과하며, 책이
정말로 독자의 것이 되는
것은 독자가 그 내용을
소화하여 자기의 피와 살로
만들었을 때다.

모티머 J. 애들러, 『독서의 기술』 48쪽, 범우사, 1993.

책이 누군가의 완전한 소유물이 될 수 있을까? 물론 될 수 있다. 현대의 책은 상품이고 사람들은 책에 매겨진 값을 지불하고 그걸 가방에 넣어 집으로 가져온다. 영수증까지 챙겼다면 더 완벽하다. 다른 모든 물건과 똑같이!

하지만 책은 좀 다른 한 가지가 있다. 물건은 물건이되 돈을 내고 사기만 했다면 그건 아직 진짜 책이 아니다. 책 모양의 종이 뭉치일 뿐이다. 책을 사서 그것을 읽고 마음에 새기지 않는다면 책은 아마 세상에서 가장 쓸모없는 종이 뭉치라고 해야 할 것이다. 빈 종이라면 낙서라도 하겠지만 읽지 않은 책이라면 아무런 쓸모가 없다. 그런 것을 돈까지 주고 샀다면 정말 바보 같은 짓이다.

소유한다는 말은 나에게 속해 있다는 뜻이다. 그런데 진정으로 속해 있으려면 그저 물건을 손안에 가지고 있기만 해서는 안 된다. 이해해야 하고, 그것이 들려주는 말을 들을 수 있어야 한다. 책은 그것을 사는 행위만으로는 결코 소유할 수 없는 물건이다. 사는 데 그치지 않고 사서 읽고 이해하는 관계를 맺어야만 비로소 소유할 수 있다.

이렇게 생각해 봤을 때 서점은 확실히 여느 상점과는 결이 다르다. 돈 내고 물건을 사는 것은 같지만 그것을 소유하려고 서점에 오는 사람은 아직 초보다. 영원히 소유할 수 없는 기묘한 물건을 마주하고 그 안으로 들어가려는 사람의 눈빛은 선하고 아름답다. 그는 서점에 와서 책을 사지 않는다. 책을 만난다. 책을 자신에게 속한 물건이라고 생각하지 않는다. 오히려 반대다. 자신이 그 책에 속한 사람이 되려고 겸손히 무릎을 꿇고, 고르고 고른 책 한 권을 뽑아 든다. 서점은 이런 사람들과 함께하며 소유로부터 자유로운 멋진 장소가 된다.

나는 책등만 보아서는
그 제목이 무엇인지
알 수 없는 책들이 빽빽이
꽂혀 있는 통로를 끝없이
걸어 내려간다. 나는 이게
꿈속의 꿈이라는 것을
깨닫고, 내가 읽었다고
생각하거나, 언젠가 읽고
싶었다거나, 이미 읽었으나
잊어버린 텍스트들을
재구성하기 시작한다.

알베르토 망겔, 『서재를 떠나보내며』 143쪽, 더난, 2018.

내 기억 가장 밑바닥에 있는 최초의 독서는 책이 아니라 책등에 있는 제목을 본 것이다. 그러나 나는 그것을 그냥 '보았다'고 말하고 싶지 않다. 적어도 나에게는 그 책을 전부 읽은 것만큼 의미가 있기 때문이다.

어릴 적 내 방엔 내 책이 없었다. 정확히 말하자면 내가 읽을 만한 책, 읽고 싶은 책이 한 권도 없었다. 책이 있는 곳이라면 오직 아버지의 책장뿐이었는데 거기엔 어린이가 읽을 만한 책이 없었다. 지금 와서 생각해 보면 그 책들은 정음사에서 1960년대에 출판한 세계문학전집이었던 것 같다. 수십 권이 가지런히 들어차 있었는데 모두 똑같은 초록색에 똑같은 크기로 제목만 달랐다. 어린 나는 그게 각각의 책이라고 생각하지 못했다. 다 똑같아 보여서, 천일야화처럼 그 모두가 아주 긴 하나의 이야기라고 여겼다.

특히 그중에는 『일리아드』, 『데카메론』, 『마농레스꼬』같이 읽을 수는 있지만 무슨 뜻인지는 알 수 없는 제목의 책이 여럿이었다는 기억이 뚜렷하다. 『오만과 편견』, 『폭풍의 언덕』처럼 이해할 수 있는 제목도 꽤 있어서 나는 그 책 제목들을 연결해서 이야기를 지어내곤 했다. "옛날 어느 나라에 일리아드라고 하는 오만과 편견으로 가득 찬 괴물이 살고 있었는데 데카메론 왕이 마농레스꼬라는 기사를 시켜서 폭풍의 언덕으로 괴물을 불러내 싸우게 했다……." 대충 이런 식이다.

우스운 추억 같지만 사실 요즘도 서점에 가면 종종 저런 식으로 이야기를 상상하는 재미에 푹 빠지곤 한다. 그뿐만 아니라 내가 일하는 서점에서도 책을 진열할 때 책 제목을 보고 뭔가 이야기가 연결될 것 같은 순서로 책을 배치한다. 누가 알겠는가, 나와 비슷한 어떤 사람이 이 서점에 와서 자기만의 이야기를 만들고 꿈속의 꿈으로 들어가 상상의 텍스트로 재구성할지.

인간이 자신을 새롭게
발견하고, 있는 그대로의
자신과 만나려면
이따금 친숙한 곳에서
벗어나야 한다.

오토 A. 뵈머, 『운명적 영감에 빠진 문학가들』 169쪽, 북하우스, 2006.

대략 30년 전 즈음, 내가 책방을 찾아다니는 모험을 시작할 무렵에는 동네 곳곳에 책방이 참 많았다. 찾아가서 안을 보면 대개 내부 구조는 비슷했고 판매하는 책들 역시 아주 다르지 않았다. 심지어는 책방 이름도 비슷한 경우가 꽤 있었다. '대한서림', '글벗서점', '동아서점' 같은 이름은 내 친구 '김경식'처럼 흔했다. 그러나 같은 학년에 세 명이나 있었던 경식이들과 똑같이 친했던 것처럼 나는 그렇게 닮은 책방을 발견할 때마다 매번 가슴이 두근거렸다.

책방은 1990년대에 이르러서 그 숫자가 급격히 줄어드는가 싶더니 지금은 또 엄청나게 많아졌다. 그런 책방을 다녀 보면 어렸을 때 느꼈던 것과는 또 다른 재미가 있다. 어렸을 때는 그 비슷해 보이는 책방들이 문을 열고 들어가 보면 모두 다른 개성을 가지고 있었는데 지금은 반대다. 모두 다르게 개성을 뽐낸다고 생각했지만 문을 열고 들어가 보면 어딘지 모르게 비슷한 구석이 많다. 개성시대라고 하지만 그 개성이라는 것이 어떤 범주 안에서는 크게 다르지 않은 인상을 받는다.

그런 책방을 구경 다니면서 매번 나는 어떻게 달라지면 좋을지 생각에 잠긴다. 뵈머의 책에 나온 말대로 내가 십수 년 동안 운영해 온 이 친숙한 공간을 자주 벗어나 보려고 한다. 그래야만 멀찌감치에서 내 책방을 바라볼 수 있다는 것을 배웠기 때문이다. 그런데 사실 나는 변화를 좋아하지 않는다. 오히려 모든 게 달라질 때 나만은 그대로의 모습을 지키고 싶다는 반항심 섞인 철학을 가지고 있다. 아마 어렸을 때도 그랬던 것 같다.

말하자면 나는 변함 없는 태도를 지키며 살고 싶어서 변해가는 모든 것에 관심이 있다. 내게서 조금 떨어져 한 걸음 밀려 있을 때 오히려 내 진짜 모습을 볼 수 있다. 내가 자주 책방 문을 닫고 다른 책방으로 향하는 이유다.

사실 서점의 일은 이 '기다린다'는 말에 응축되어 있습니다. 누군가 찾아올지 어떨지는 모르지만, 일단 가게 문을 열어두고 계속 기다립니다. 머지않아 누군가 문을 열고 들어와 가만히 책장을 바라볼지도 모르고, 가게 안을 그냥 지나 곧장 나가 버릴지도 모릅니다. 그런 일을 몇 번이고 되풀이하면서도 가게 문을 열고 오직 그 자리에 계속 있는 것이 서점 일의 본질입니다.

쓰지야마 요시오, 『서점, 시작했습니다』 178쪽, 한뼘책방, 2018.

기다림. 나는 그것을 아주 귀한 삶의 선물이라 믿는다. 무언가를 하염없이 기다릴 때 책을 읽곤 했다. 지금도 짧은 기다림의 시간을 위해 습관적으로 가방 속에 책이나 얇은 잡지를 넣고 다니며 읽는다. 5분이나 10분 정도 틈이 날 때 글을 읽으면서 잠시 생각에 잠기는 그 시간이 얼마나 소중한지! 그 시간만큼은 온전히 내게만 허락된 비밀스러운 상상을 할 수 있다. 책이나 잡지에 실린 글을 보며 한순간 지구를 떠나 우주로 날아 갔다가 다음 지하철이 플랫폼으로 들어올 즈음에 맞춰 다시 제자리에 안전하게 착지한다.

지금은 생활 패턴이 바뀌어 이 기다림이라는 소중한 일상이 거의 사라져 버렸지만, 문득 서점에 출근해서 손님이 없는 오후를 보내자면 다시 그 미묘한 감정이 찾아오는 걸 느낀다. 서점은 손님을 기다리는 게 중요한 일상이다. 손님에게 서점은 갈 마음이 생겨야 가는 곳이고 거기서 일하는 사람은 그저 기다릴 뿐이다.

언젠가 온종일 기다렸지만 아무도 서점을 찾지 않았던 날도 있다. 그럴 때면 나는 세상 모든 사람이 갑자기 사라진 것은 아닌가, 하는 엉뚱한 상상을 했다. 쓰지야마 요시오 씨도 나와 비슷한 생각을 했을까? 지금 그가 운영하는 서점은 꽤 유명해져서 하염없이 손님을 기다리는 일은 별로 없을 것 같지만 어쩐지 그가 한 말을 읽으니 동지 같다는 생각이 든다.

서점의 본질은 '기다림'이다. 책을 멋지게 진열하거나 찾아준 손님을 친절하게 맞는 것이 아니다. 언제나 변함없이 그 자리에서 문을 열어 두고 누구인지 알 수 없는 어떤 사람을 기다리는 것이야말로 서점이 할 일이다. 나는 이렇게 서점의 할 일을 함으로써 더 많은 사람들에게 기다림이라는 소중한 가치를 전할 것이다. 기다림. 그것은 서점이 주는 또 하나의 선물이다.

사물들에서 온기가
사라져가고 있다. 일상적으로
사용되는 물건들이 인간을
가만히, 그러나 단호히
뿌리치고 있다.

발터 벤야민, 『일방통행로』 48쪽, 새물결, 2007.

책을 사고파는 일을 즐겨 하는 이유는, 그런 일을 하는 서점을 좋아하는 이유는, 책이라는 물건이 내 모든 신체 감각을 만족시키기 때문이다. 지금껏 어떤 사물도 내게 이런 만족을 주지 못했다. 책은 사랑스럽게 만질 수 있고 차분한 눈길로 바라볼 수 있으며 무엇과도 비교할 수 없을 만한 그윽한 향기를 그 안에 가득 품고 있다.

어렸을 때 형은 나와 달리 텔레비전을 좋아했다. 본 프로그램이 시작되기 전의 광고 개수와 순서까지 외웠을 정도다. 형이 집에 있으면 온종일 텔레비전을 켜 놓기 때문에 나는 하는 수 없이 밖으로 나갔다. 만질 수 없는 장난감, 맛볼 수 없는 아이스크림이 움직이고 있는 모니터는 마치 가짜 꽃을 담아 놓은 유리병 같았다. 몸을 조금 움직여 마당에만 나가도 살아 있는 꽃과 풀이 있는데 어른들은 왜 가짜 꽃을 가져다 놓았을까? 어릴 때 나는 그런 생각을 자주 했다. 밖으로 나가면 세상은 온통 만지고 느낄 수 있는 진짜로 가득했다. 버려진 나뭇가지를 주워서 땅바닥에 아무런 의미 없는 그림을 그리거나 돌멩이를 발로 툭툭 차면서 하루 반나절을 보낼 수도 있었다.

지금 세대는 이렇게 몸을 움직여 무언가를 직접 느끼는 것에서 멀어졌다. 옷이나 신발을 직접 착용해 보지도 않고 인터넷으로 사는 것이 자연스럽고, 다 만들어 놓은 반찬이 새벽마다 집 앞에 배달되는 것을 편리하다고 여긴다.

그것들과 비교하면 책은 얼마나 자유롭고 개방적인 물건인지! 우리는 책을 눈으로만 읽지 않는다. 모든 감각을 통해 책과 교감하는 것이 바로 독서다. 내가 인터넷으로 책을 팔지 않는 이유다. 괜한 고집일 수도 있지만, 나는 책만큼은 시점에 와서 눈으로 보고 손으로 만져 보고 가능하다면 냄새까지 맡아 보며 사면 좋겠다. 책이 전하는 다양한 감각을 온몸으로 마주하는 것이야말로 책을 즐기는 완벽한 방법이니까.

번잡스러운 상점가가
거짓말처럼 조용해져서,
책방 안은 벽시계 소리만
울리고 있었다.

슈카와 미나토, 『사치코 서점』 15쪽, 북스토리, 2014.

서점은 도시의 소음을 거두는 숲과 같다. '거둔다'는 표현이 충분히 만족스럽지는 않지만 차단한다거나 없애 버린다는 말보다는 어울린다. 도시의 모든 것은 없애 버리기에는 너무 강인하고 질긴 생명력을 지녔다. 사람들은 너무 오래 도시의 소음에 노출된 탓에 건강한 소리를 잃었다. 언제나 존재하지만 의식하지 못하던 소리. 때로 서점은 그것들을 되찾아 준다. 이를테면 다음과 같은 것들.

나무 의자 다리가 바닥에 가볍게 끌리는 소리
2~3분에 한 번씩 책장을 넘기는 소리
모르는 사람이 내는 "음, 음" 하는 옅은 헛기침 소리
벽시계 소리
책장에서 책을 뺄 때 옆에 있던 책과 책이 스치는 소리
조심스럽게 움직이는 발걸음 소리
공책에 무언가를 적으며 내는 사각거리는 소리
사람이 옆으로 지나갈 때 느껴지는 기분 좋은 바람 소리
무슨 소리인지 알 수 없지만 신경을 쓰다듬어 주는 소리
아무 소리도 안 날 때만 듣게 되는 내 안의 목소리

온갖 소음으로 꽉 찬 도시 한 가운데에서도 잠깐 서점 문을 열고 들어가면, 이내 소음이 걷히고 잊고 있던 서점의 소리가 잔잔히 들려온다.

자신에 대한 환상이
사라질 때면, 타인에 대한
환상도 남아 있지
않게 된다.

에밀 시오랑, 『세상을 어둡게 보는 법』 86쪽, 이땅, 1992.

몇 마디 대화를 나눈 것 정도로 누군가에게 잘 맞는 책을 권하기는 어렵다. 그래서 서점을 찾는 손님에게 책은 잘 추천하지 않는다. 그런데 어느 날은 평소보다 길게 이야기를 나누었고 생각나는 책 한 권을 손님에게 소개했다.

그는 얼마 전 친구와 다투고 절교했다고 했다. 그리고 그것부터 시작해서 이 나라의 정치, 경제, 문화, 역사에 이르기까지 모든 것이 다 마음에 들지 않는다고 했다. 모든 게 다 불만이라 내가 무슨 말을 해도 대답은 언제나 같았다. 이분의 이마에는 "다 싫어!"라는 글자가 적혀 있는 것 같았다. 그러니까 어떤 책인들 마음에 와닿을 리 없었을 거다.

내가 심리학에 정통한 사람은 아니지만, 한참 이런 식으로 얘기를 나눠 보니 한 가지 뚜렷한 결론과 마주했다. 이분은 세상만사 모든 것을 다 싫어하기 이전에 우선 자기 자신을 싫어하고 있었다. 그날, 책에 대한 얘기는 거의 나누지 않고 절반은 하소연, 나머지는 넋두리로 시간을 보낸 뒤에 그분에게 독설의 대가라 불리는 에밀 시오랑의 책을 권했다.

며칠 후에 그 손님이 다시 책방에 와서 조금은 환해진 표정으로 내게 가볍게 인사를 했다. 권해 준 책을 읽어 보니 에밀 시오랑이라는 사람과 자신이 잘 맞는 친구 같다는 얘기를 먼저 꺼냈다. 그리고 그 책 속의 한 문장, 결국 자신은 타인을 싫어했던 게 아니라 자기 자신을 믿지 못했기 때문이라는 소중한 문장을 얻었다며 내게 캔 음료수 하나를 내밀었다.

믿음은 때로 바깥에 있지 않고 나에게서 나온다. 그날 저녁 책방 문을 닫고 한참 동안 그 의미를 되새겼다. 우선 나를 좋아하고 나를 사랑하기 위해서, 나는 무엇을 해야 할까?

걷기는 사람의 마음을
가난하고 단순하게 하고
불필요한 군더더기들을
털어낸다.

다비드 르 브르통, 『걷기예찬』 237쪽, 현대문학, 2002.

서점엔 무엇이든 도움이 되는 책이 한 권은 있기 마련이다. 몸이 아프면 병원이나 약국에 가는데 마음과 정신이 병든 사람들은 서점에 간다. 왜냐하면 세상 모든 작가는 병들었던 이들이기 때문이다. 서점의 책은 그들이 어떻게 병들었고 어떤 식으로 변화되었는지 보여 주는 임상 기록과도 같다.

한번은 어떤 손님이 우리 서점에 와서 자기가 쇼핑중독에 빠졌다며 도움이 될 만한 책 한 권을 추천해 달라고 했다. 이 사람은 하루에도 몇 번씩 인터넷 쇼핑몰에 접속해서 물건을 사고, 심지어는 배송된 택배 상자를 열어 볼 틈도 없이 새로운 물건을 사들인다고 했다. 심한 경우 똑같은 물건을 며칠 사이에 여러 번 구매한 일도 있을 정도로 자신의 상태가 심각하다고 고백했다.

나는 브르통의 산문집 『걷기예찬』을 권했다. 그리고 책을 다 읽을 때까지 아무것도 구입하지 않겠다는 약속을 받았다. 그저 이 손님이 책을 읽는 동안만이라도 잠시 인터넷 쇼핑을 멈출 수 있기를 바랐다. 그러고 나서 몇 개월이 지난 다음 그가 다시 서점에 왔다. 부끄럽게도 나는 그날 일을 거의 잊고 있었는데 그가 나를 보자마자 대뜸 고맙다고 말했다. 책을 읽다 보니 자신이 쇼핑에 몰두하게 된 원인을 조금 알 것 같더라는 거다.

내가 그날 권해 준 책은 쇼핑 중독 치료와는 전혀 상관이 없어 보였는데 놀랍게도 그는 거기서 자신에게 필요한 부분을 찾았다. 아니, 반대로 이 한 문장이 그를 찾아왔다고 해야 옳다. 그는 자신의 삶을 갖가지 물건들로부터 해방시키고 좀 더 단순하고 가난한 마음이 되도록 돌보고 있다고 말했다. 이날은 모처럼 미세먼지도 없이 날씨가 쾌청한 초여름이었고 그는 거의 한 시간 이상 걸어서 서점에 왔다며 가볍게 웃었다. 서점에 처음 왔던 몇 달 전과는 전혀 다른 사람처럼 보였다.

유니쿰이란 서적상,
고물상, 골동품상들의
특수 용어로, 그 이름에서
짐작할 수 있듯이
이 세상에 단 하나밖에
존재하지 않는 어떤 물건을
뜻한다.

조르주 페렉, 『인생 사용법』 151쪽, 책세상, 2000.

우리 서점 단골손님 N은 교수였다가 본격적으로 소설을 쓰고 싶어 작가로 전향했다. 그리고 작품 몇 편을 썼는데 아쉽게도 많이 팔리지는 않았다. 그런 N에게는 조금 묘한 걱정거리가 하나 있다. 자신의 손글씨 원고가 나중에 수집가들 사이에서 비싸게 거래되는 것에 대한 염려다. 그도 그럴 것이, N은 모든 작품의 초고를 메모카드에 손글씨로 쓴 다음 그것을 일일이 타이핑해서 원고를 완성하는 습관이 있다. 그는 그 메모카드가 언제나 걱정이다. 자신의 개인적인 소지품이 누군가에게 '유니쿰'이 된다면 마치 목이 잘린 채 박제로 벽에 걸린 사슴처럼 섬뜩한 느낌일 거라고 N은 말했다.

그리고 얼마 후, 그 걱정이 정말 현실이 된 사건이 벌어졌다. N이 수년 전에 쓴 장편소설의 초안이 메모카드 1,000장으로 완성된 것이다. 평론가들에게는 좋은 평가를 받지 못했지만 N은 이 작품을 아꼈다. 작품을 아끼는 만큼 메모카드 역시 소중하게 보관했다. 그런데 어느 날 살펴보니 메모카드가 한 장 비는 것이 아닌가? 순서대로 맞춰 보니 101번째 카드가 없어졌다. 그 카드는 "자유로운 인간은 신을 필요로 하지 않는다"는 옛 격언에 관한 내용이었다. 집필 중 특히 고민을 많이 한 부분이어서 N은 그 부분을 특별히 기억하고 있었다.

"허나 자유라는 것도 결국 신에게 받은 것인데 그것을 누리면서 신을 외면할 수 있을까요?" 나도 그 말에 동의했다. 그런데 곧이어 N은 주위에 있는 책장을 둘러보며 마치 혼잣말처럼 중얼거렸다. "책은 독자를 위한 것일까요? 혹시 세상의 모든 책은 유일한 한 서점에만 속하도록 따로따로 창조된 것 아닐까요? 서점에 있는 이 책들은 자유를 누리고 있어요. 지극한 자유를 누리면서도 서점을 외면하지 않아요. 서점을 외면하는 것은 자신들이 자유롭다고 믿는 어리석은 사람들뿐입니다."

거의 빈 책장에는 오래된
사진 잡지와 중고 서점에서나
보일 법한 낡은 사진집들,
지금은 더 이상 인기
여행지가 아닌 나라의
여행안내서와 지도, 뜨개질
교본과 옛날식 요리책 등이
꽂혀 있을 뿐이다.

배수아, 『멀리 있다 우루는 늦을 것이다』 63쪽, 워크룸프레스, 2019.

배수아 작가의 『멀리 있다 우루는 늦을 것이다』에 나오는 책장에 대한 묘사를 N에게 보여 주었더니 그는 언젠가 방문한 외국의 한 헌책방과 비슷하다고 말했다. N은 여러 해 동안 미국과 유럽을 돌아다녔는데 어느 나라인지 확실히 기억나지 않는 헌책방에서 문장에 나오는 것과 흡사한 책들이 꽂혀 있는 서가를 본 적이 있다는 것이다. 흥미로운 일이다. 나 역시 이 책장을 어디선가 본 것 같은 기분이 들었기 때문이다.

　얼마 후 N과 함께 동묘 근처에 있는 Y 헌책방에 갔다. 그런 책들이 있는 곳이라면 그곳이 확실하기 때문이다. 동묘역 3번 출구로 빠져나와 조금 걸으니 사람들로 가득 찬 거리에 늘어놓은 책이 보인다. 그 헌책방은 간판보다 길바닥에 늘어놓은 책을 보고 위치를 찾는 것이 빠르다. 그 책들 뒤로 있는 문은 언제나 열어 둔 상태다. 문 안쪽으로는 책이 산더미처럼 쌓여 있다. 그곳은 책장이 비어 있을 틈이 없다. 바닥이며 책장 모두 책으로 가득한 공간 한옆으로 소설 속 묘사처럼 책장이 있다. 낡은 사진집 곁에 유행 지난 여행지를 안내하는 책자들, 그리고 뜬금없이 그 옆을 차지한 뜨개질 교본과 1980년대 요리책들. 그 요리책에 나온 컬러 사진 속 음식은 오히려 식욕을 떨어뜨릴 정도로 인쇄 상태가 나쁘다.

　인상을 사로잡는 책장이란 멋진 책으로 가득한 곳이 아니다. 이미 낡은 것, 유행이 지나간 것, 왜 거기 있는지 알 수 없는 것들로 가득한 책장이야말로 감정을 휘어잡는 묘한 매력이 있다. N도 역시 비슷한 생각을 하고 있었다. 그래서 이와 비슷한 책장을 다른 나라의 어디에선가 본 것처럼 느낀 것이다. 아니, 어쩌면 정말 세상 어딘가 이와 같은 책장이 존재할 수도 있다. 눈과 몸을 사로잡는 책장이란 바로 그런 것이다. 우연히 찍힌 사진 속 인상처럼 거기 있는 책들이야말로 심장을 두드리는 힘이 있다.

그런데 해처드 서점의
진열장을 들여다보면서
대관절 무슨 꿈을 꾸고 있는
거지? 뭘 기억해 내려고?
펼쳐진 책에 씌어 있는
말에서. 어떤 창백한 새벽의
영상을? "더는 두려워 말라,
태양의 열기를, 사나운
겨울의 횡포를."

버지니아 울프, 『댈러웨이 부인』 17쪽, 시공사, 2012.

"더는 두려워 말라."Fear no more. 이 말은 소설 『댈러웨이 부인』에 반복해서 등장하는 문장인데 주인공 클라리사가 해처드서점을 지나다가 진열장 안에 펼쳐진 어떤 책을 발견하는 장면에서 처음 나온다. 흥미롭게도 여기서 작가가 꾸며 낸 설정은 주인공뿐이다.

해처드서점은 1797년 존 해처드가 만든, 영국에서 가장 오래된 서점이다. 더 놀라운 것은 200년 전 처음 문을 열었던 런던 피카딜리 거리의 가게를 오늘날까지 그대로 유지하고 있다는 사실이다. 클라리사가 발견한 문장 역시 실제로 존재하는 것으로, 버지니아 울프가 인용한 부분은 셰익스피어 희곡 『심벨린』 4막 2장에 나온다.

말하자면 이것은 문학이 문학을 인용하는 재미있는 장면인데 거기에 등장하는 서점이 실제로 존재한다는 것은 읽는 사람의 기분을 묘하게 만든다. 그 덕분에 클라리사가, 버지니아 울프가, 지금도 우리 곁에 살아 있는 것 같은 감정을 느낀다.

한데 아쉽게도 이건 영국의 이야기다. 지금 우리 주변에 이런 문학이, 그리고 영감을 주는 실제 장소가 있는가? 물론 언젠가 어디엔가 있었을 테지만, 지금 그것들은 모두 어디로 갔을까? 남만서방, 마리서사, 이런 장소는 왜 오랫동안 남지 못했을까? 그리고 문화당서점은?

☞ 문화당서점과의 첫 만남을 다시 읽고 싶다면 [문장002]로 돌아가시오.

책방 문을 열어 놓고 있는
이상, 손님이 갖고 싶어
한다면 팔지 않을 수 없다.

귀스타브 플로베르, 『애서광 이야기』 86쪽, 범우사, 2004.

가지고 있는 책을 팔고 싶지 않을 때가 분명히 있다. 그런데 책을 노리는 사람 중에는 주인이 팔고 싶지 않은 책에 어쩐지 더 관심을 두는 사람이 있는 법이다.

헌책방의 진짜 재미는 바로 여기에서부터 시작된다. 그러니까 책마다 가격표를 붙여 놓고 그 값대로 판매하고 있는 헌책방은 재미가 없다. 이건 정해진 가격이 없기 때문에 흥정할 수 있다는 것하고는 조금 다른 얘기다. 말하자면 서점 주인과 손님이 보이지 않는 줄을 늘어뜨리고 책 한 권을 사이에 둔 채 긴장감을 유지하는 것. 이것이야말로 진짜 재미다.

나는 언젠가 인사동에 있는 고서점에서 『통문관 책방비화』 절판본을 발견한 적이 있는데 주인은 그 책이 딱 한 권 남은 것이라 팔고 싶지 않다고 잘라 말했다. 나는 처음에는 수긍하고 그냥 돌아갔지만 그 뒤로 몇 번이나 찾아가서 그 책을 사고 싶다 말했다. 이제 세상에 과연 몇 권이나 남아 있을지 모를 초판본이었기에 더욱 간절했다. 주인은 결국 몇 달이 지나 그 책을 내게 넘겨주었다. 나는 그 책을 품에 안고 돌아오면서 평생 간직할 거라고 굳게 다짐했다.

그 후로 서점에서 일하며 몇 사람이 그 책을 찾았지만 내가 가진 초판본만큼은 결코 내보이지 않았다. 하지만 책과 서점의 운명이란……! 몇 년 후 그 책 초판본을 원하는 사람이 찾아왔고 몇 번인가 거절했지만 그가 얼마나 책을 필요로 하는지 알게 되어 결국 그 책을 넘겨주고 말았다. 그 옛날 내가 인사동에서 겪었던 것과 똑같은 방식으로 말이다.

그 일이 있은 다음 나는 좀 더 편한 마음으로 일하게 되었다. 책은 꼭 필요한 사람이 있다면 결국 그에게로 간다. 책을 팔고 싶지 않다면 책방 문을 닫는 수밖에 없다. 문이 열려 있으면 손님은 들어오고 책은 나가는 게 서점의 이치다.

그러나 나는 내가 좋아하는
책들을 차츰 사 모았고
대부분의 시간을 독서로
보낸다. 나는 행복하다.

진 리스, 『한밤이여, 안녕』 160쪽, 펭귄클래식코리아, 2008.

이보다 더 막장인 삶이 있을까 싶을 정도로 소설 『한밤이여, 안녕』에서 진 리스가 그린 여성 소피아의 삶은 모든 게 최악이다. 만나는 남자들은 모두 이상한 사람들이고 사회생활도 녹록지 않다. 하루하루 살아가는 것이 기적이라고 할 만한 우리의 주인공을 따라가다 보면 읽는 사람도 한숨이 나올 정도다.

그런데 이런 소피아에게도 행복은 있었으니, 바로 자기가 좋아하는 책을 사 모으고 그것을 읽을 때다. "나는 행복하다." 이 짧고도 단호한 문장은 이 소설에서 단 한 번밖에 나오지 않는다. 그 밖의 생활은 앞서 말했다시피 거의 막장 수준이다. 매 끼니를 걱정해야 할 정도로 돈이 없을 때도 있는데 소피아는 그럼에도 꾸준히 책을 사 모은다. 행복하기 위해서.

이 장면은 소설 전체 내용을 보면 거의 별 의미 없는 것처럼 아주 짧게 단 한 번만 나온다. 서점에 간 소피아는 서점 주인이 권하는 책을 사지 않고 끝내 자기가 좋아하는 책을 선택한다. 그 책은 길고, 조용하고, 평화로운 이야기다. "사 모았"다는 말로 미뤄봤을 때 생활비가 넉넉하지는 않았을 텐데 그래도 서점에 꽤 자주 들러 책을 샀던 것 같다. 왜냐하면, 행복하기 위해서.

자살을 생각할 정도로 비참한 생활 가운데 서점에 가서 책을 사는 것, 그리고 그것을 읽는 것이 소피아의 거의 유일한 행복이었다. 나는 이 짧은 장면을 머릿속에 그리면서 눈물을 흘렸다. 누군가는 내가 일하는 이 서점에 와서 자신의 유일한 행복을 얻어갈지도 모르는 일이다. 나는 그 일을 할 자격이 있는가? 그럴 수 있는 사람인가? 장담할 수 없다. 그저 오늘도 내일도 이 일을 담담하게 해 나갈 뿐이다. 나 역시, 행복하기 위해서.

대형서점이더라도 분야별로
모든 서적을 고루 갖추어
놓는 데는 한계가 있기
마련이다. 따라서 적어도
세 군데 정도의 서점을
둘러보지 않으면, 어느
한 분야와 관련하여 출판된
신간 서적을 다 살펴보았다고
말하기 어렵다. 그래서
서점순례가 필요한 것이다.

다치바나 다카시, 『나는 이런 책을 읽어왔다』 67쪽, 청어람미디어, 2001.

찾아보고 싶은 책이 있는 경우, 나는 도서관보다 서점에 자주 간다. 책을 살펴보다가 그것을 사고 싶은 충동이 일어날 때가 있는데 도서관에서는 책을 바로 살 수 없기 때문이다. 빌려 오면 언젠가 돌려주어야 하지만 산 책은 그럴 필요가 없다. 또한 내 경험상 정말로 그 책이 필요한 상황은 이상하게도 빌린 책을 돌려주고 나서 생기는 것이 비일비재하다.

그런데 서점의 가장 큰 단점은 제아무리 크고 책이 많은 곳이라고 하더라도 모든 책을 다 갖추고 있지는 않다는 것이다. 얼마 전에 어떤 분야에 관한 책 오십 권 정도를 죽 적어서 시내 대형 서점에 갔는데 도착해서 찾아보니 보고 싶은 책의 절반 정도는 재고가 없거나 아예 입고조차 안 된 것을 알고 크게 실망했다. 심지어 어떤 책은 불과 다섯 달 전에 출판됐음에도 다 팔린 후 재입고가 안 되어 있었다. 책 수십만 권을 갖추어 스스로 동양 최대 규모라고 선전하는 서점에서 반년 전에 출판된 책조차 재고가 없다니! 마음 먹고 대형 서점을 찾아갔던 터라 대형 실망을 하고 돌아왔다.

그런데 이렇게 필요한 책의 목록을 뽑아 서점을 가기도 하지만 서점은 '순례'하듯 가는 것이 가장 좋다. 서점에 가서 기웃거리고 이것저것 둘러보는 일은 쓸데없이 시간을 낭비하는 게 아니다. 진정한 낭비란 오히려 한 서점에 가서, 혹은 인터넷 서점에 접속해서 자기가 찾고 싶은 책만을 사서 그대로 나오는 일이다. 그가 정말로 그 분야에 대해서 진지한 관심을 두고 있다면 필연적으로 언젠가 다른 곳에 가서 또다시 책 사이를 기웃거려야 하기 때문이다. 서점 순례와 책장 기웃거림은 공부의 시작이며 본질을 향한 첫걸음이다.

☞ 다음 페이지에서 서점 순례에 관한 이야기가 계속 이어집니다.

서점은 거리의 연장이고,
주민들의 거실이나
서재 같은 것이리라.

우치다 요코, 『몬테레조 작은 마을의 유랑책방』 251쪽, 글항아리, 2019.

언젠가 나는 이상한 실험에 몰두한 적이 있다. 어떤 동네에 무작정 간 다음, 한 서점에서 가장 가까운 다른 서점까지 걷는데 시간이 얼마나 걸리는지 확인해 보는 것이다.

이 실험에서 반드시 지켜야 할 것은 '걷는다'는 행위다. 한 서점에서 다른 서점까지 이어지는 거리의 분위기를 살펴보면 걸을 수 있는 시간이 짧을수록 마음의 풍요로움이 커진다.

도시에서는 걸어서 20~30분 거리인데도 자가용을 타거나 버스로 이동하는 일이 흔하다. 그 이유는 무엇일까? 목적지까지 빠르고 편하게 갈 수 있으니까 그렇다. 하지만 더 근본적인 부분을 생각해 보면 거리를 걸을 이유 자체가 없기 때문이다. 이곳에서 저곳으로 이동한 뒤 계획한 일을 마치고 다시 왔던 곳으로 돌아가면 그뿐, 그 사이에 있는 시공간은 거의 무시된다.

걷고 싶은 거리를 만들기 위해 구청에선 가로수를 정비하거나 화단을 꾸미곤 한다. 작은 자투리 공간에 공원을 만드는 일도 좋다. 그런데 이 거리를 직접 오래 걸어 보면 가로수나 화단보다는 길에 촘촘히 늘어선 가게들이 더 중요하게 다가온다.

목적지도 정하지 않고 아무렇게나 걷다가 크고 작은 서점을 자주 만나는 동네에 방문했을 때, 나는 마음이 든든해지고 선한 예감으로 충만해진다. 서점에 들어가지 않더라도 그런 가게가 거리에 있다는 사실만으로도 이미 책 몇 권을 읽은 것처럼 뿌듯하다. 거리엔 서점이 필요하고 서점이야말로 거리를 거리답게 만든다.

☞ 서점 순례에 관한 이야기를 더 읽고 싶다면 [문장058]로 가시오.

우리가 처음 만났던 그날
저녁, 나는 생미셸 광장에
있는 헌책방에 팔려고 들고
나갔던 예술서적들을 결국은
팔지 못했다.

파트릭 모디아노, 『아득한 기억의 저편』 8쪽, 자작나무, 1999.

우리는 이 짧은 문장을 통해 여러 가지 상상을 해 볼 수 있다. 우선 사실만을 보자. 저녁이고 '나'는 광장에 있는 헌책방에 예술서적을 팔려고 방문했다. 하지만 거래는 이루어지지 않았다. 얼핏 보기에는 특별하지 않은 일상 중 한 사건으로 보이는데 지금부터 좀 더 상상의 끈을 길게 늘어뜨려 책 속으로 들어가 보자.

우선 판매가 이뤄지지 않았다는 것은 헌책방 주인인 나로서는 생각해 볼 여지가 많다. 왜냐하면 그 책이 예술서적이기 때문이다. 보통 헌책방에서 예술서적은 인기가 높다. 일반적인 소설이나 에세이, 취미 관련 책들보다는 비싸게 거래되고 회전율도 빠르기 때문이다. 또한 예술 서적을 많이 갖추고 있으면 헌책방의 이미지도 좋아진다. 그런데 왜 이 책은 거래되지 못했을까? 어쩌면 이 책은 헌책방에서 매입을 거부했다기보다는 마지막에 주인공 마음이 바뀌었을 가능성이 높다.

헌책방에 책을 판다는 것은 전당포에 시계나 만년필을 맡기는 것 이상으로 머뭇거릴 행동이다. 게다가 그저 그런 허드레 책이 아니라 예술서적이라면. 주인공은 대학생이며 예술서적은 그에게 필요한 책일 것이다. 그는 아마 책을 팔아야 할 만큼 궁핍한 처지에 놓였거나 공부를 포기할 생각이 아니었을까? 이런 복잡한 심정이 마음속에 흐르는 가운데 '우리'는 처음 만났다. 이게 소설의 첫 시작이다.

헌책방에서 일하다 보면 이런 복잡한 심경으로 방문하는 손님을 드물지 않게 만난다. 손님에게 책을 사기도 하는 헌책방의 특성 때문에 가게는 때로 걱정과 근심, 후회, 부끄러움 같은 감정들로 가득해진다. 하지만 그로 인해 이어질 또 다른 이야기를 생각해 본다면 이게 결코 우울한 일은 아니다. 또 누가 알겠는가. 이 헌책방에서 우리가 처음 만나게 되는 장면으로 시작하는 삶을 담은 멋진 작품이 탄생하게 될지! 57

해변에서 책을 읽는 신사는
읽기 위해 해변에 있는
것일까, 해변에 있기 때문에
읽는 것일까?

조르주 페렉, 『생각하기/분류하기』 104쪽, 문학동네, 2015.

K는 가끔 내가 일하는 서점에 와서 뜻 모를 이야기를 늘어놓곤 한다. 다행히 그 얘기들이 너무 길지는 않다. K는 짧은 이야기를 좋아했고 긴 얘기를 할 때도 있었지만 그럴 땐 거의 끝을 맺지 못하고 돌아갔다. 이 이야기는 K에게 들은 이야기 중에서도 아주 흥미로운 것이라서 여기에 소개한다. 물론 짧다.

K는 언젠가 아메리카에 간 적이 있는데(K는 미국을 늘 "아메리카"라고 한다) 비행기가 아니라 배를 탔다고 한다. 엄청나게 오래 걸리는 여행이었고, 그런 긴 여행엔 친구가 필요한 법이다. 운 좋게 배 아래쪽 기관실에서 일하는 한 직원을 알게 되어 내내 친하게 지냈단다. 그런데 그 기관실 직원이 뜻밖의 진실을 말해 주었다. 사실 그 배가 승객들이 가져온 책을 땔감으로 해서 움직이는 증기선이라는 거다. 그러니까 승선료 외에 책을 많이 가져온 승객들은 좋은 객실을 배정받을 수 있고 K처럼 책을 안 가져온 사람은 여러 명이 함께 쓰는 아주 누추한 객실에서 지내야 했다. 워낙 먼 거리를 가야 했기에 책은 아주 많이 필요했다. 그런데 아무 책이나 땔감으로 사용할 수는 없고 반드시 다 읽은 책이어야만 했다. 읽지 않은 책은 축축해서 불에 타지 않기 때문이다. 배에 오른 사람들은 계속해서 책을 읽어야 했다. 목적지까지 안전하게 도착하려면 밤이고 낮이고 계속해서 읽으며, 읽는 족족 기관실로 책을 보내야 한다.

"자, 그러면……"이라고 K는 말했다. "승객들은 책을 읽기 위해 배에 올라탄 것일까요, 아니면 배에 올랐으니 책을 읽는 것일까요?" 이 말에 나는 다음과 같이 대답했다. "그건 마치 손님이 책을 사기 위해 서점에 온 것인지, 서점에 왔으니 책을 사는 것인지 하는 문제하고 같군요!" K는 단호하게 말했다. "아뇨, 전혀 다른데요?"

사람들은 책만 보려고
서점에 오지 않았어요. 서로
만나 이야기하고 서로에게
귀 기울였어요.

본다 미쇼 넬슨, 『책벌레』 16쪽, 북콘, 2016.

서점을 만들고 그곳을 흑인 인권 운동의 중심지로 활용했던 루이스 앙리 미쇼 이야기를 매우 짧지만 강렬한 그림책으로 만났다. 그 서점은 겨우 책 다섯 권으로 시작했지만 마틴 루터 킹과 말콤 엑스 같은 사람이 단골로 드나들 정도로 크게 빛나는 별이었다. 그 서점은 1930년대 말에 책을 팔기 시작해서 가게 주인인 앙리 미쇼가 죽기 일 년 전인 1975년까지 운영됐다. 앙리 미쇼라는 사람과 함께 탄생해서 그와 함께 사라진 것이다.

그곳은 물론 책을 파는 장소였지만 책이라는 물건을 사고파는 것만 하지는 않았다. 물건을 사고파는 일만 한다면 그곳은 절반만 서점이다. 서점의 나머지 절반은 사람으로 채워진다. 그곳을 다녀간 사람과 반드시 와야 할 사람, 그리고 거기에 영원히 오지 않을 사람들을 위해서도 서점은 존재해야 한다는 것을 앙리 미쇼는 끈질기게 몸으로 증명했다.

서점에서 만나야 할 것은 책뿐만이 아니다. 사람을 만나야 하고 그 사람이 들려주는 이야기와 만나야 한다. 이야기는 이야기들끼리 만나고 그것들이 합쳐지면 상상하기 힘든 큰 빛이 될 수 있다. 이 작은 서점은 서점이라 부르기도 어려울 정도로 초라하게 이야기를 시작했지만 책이 사람을 끌어들이고 사람들끼리 만나는 일이 반복되면서 하나의 역사가 되었다. 이 모든 게 '만남'이 없었더라면 불가능한 일이다. 생각해 볼 일이다. 우리는 서점에 가서 책을 '사는가', 아니면 책을 '만나는가'

무엇보다도 서점의 책장을
바라보고 있는 것을 좋아하는
나로서는, 이틀만 책의
겉표지를 보지 않으면,
어쩐지 묘하게도 마음이
불안하다. 서점이 아니더라도
텔레비전이나 잡지에서
책이 늘어서 있는 장면을
접하면 무의식중에 빠져들어
주시하고 만다. 책이 있는
풍경에 끌리는 것이다.

이케가야 이사오, 『일본 고서점 그라피티』 29쪽, 신한미디어, 1999.

대학을 졸업하고 한창 헌책방을 돌아다니며 책 구입에 돈을 탕진할 무렵 만났던 소중한 책이 있다. 이케가야 이사오의 『일본 고서점 그라피티』다. 제목 그대로 일본, 그중에서도 도쿄의 고서점 거리 진보초를 중심으로 헌책방 내부 모습을 스케치하고 간단히 리뷰를 붙인 책이다. 처음 이 책을 발견하고는 뒤통수라도 얻어맞은 것처럼 몸에 전율이 흘렀다. 헌책방 내부라면 책으로 가득한 복잡한 공간이기 마련인데 어떻게 이걸 다 그렸을까? 아직 도쿄의 헌책방에 가 보지 못했던 내게 이 책은 그야말로 충격 이상의 경험을 선물했다.

시간은 흘러 드디어 내 이름으로 사업자등록을 하고 책방을 운영하게 됐다. 헌책방에서 일하게 된 이후로 무엇에 홀렸는지 일본에 가서 이케가야 이사오를 직접 만나 보고 싶다는 열망에 사로잡혔다. 그리고 몇 년 후 그 소망은 실제로 이뤄졌다.

한국에서 번역된 책을 읽고 오랫동안 팬이었다고 말하자 그는 친절하게도 도쿄 외곽 도시에 있는 자기 집까지 초대해 주었다. 예상했던 대로 이사오 씨는 대단한 애서가에 헌책방 마니아였다. 작업실이기도 한 작은 방은 문을 제외한 세 벽면이 모두 책으로 둘러싸여 있었다. 그런 환경에서 일하려면 웬만큼 책을 좋아하지 않고서는 힘들 것 같다는 생각이 들었다. 무너질 듯 빼곡하게 쌓여 있는 책들을 소개하며 그가 했던 말이 아직도 귓가에 들리는 것 같다. 책을 읽지 않더라도 책이 꽂힌 풍경만 볼 수 있으면 행복하다고. 이후로 우리는 몇 번 더 만났고 종종 편지를 주고받는다. 그는 환갑이 지난 나이임에도 소년 같은 미소를 짓는다. 그런 표정은 일부러 만들 수 없다. 그가 말한 대로, 책으로 둘러싸인 그 행복한 풍경 속에서 일하는 사람만이 받을 수 있는 삶의 선물이 아닐까!

놀이란 눈뜨고
꿈꾸는 것이다.

G. 산타야나, 『이성의 탄생』 48쪽, 대한기독교서회, 1981.

스페인에서 태어나 미국에서 연구 활동을 했던 철학자 산타야나. 지금에 와서 그 이름을 기억하는 사람은 많지 않다. 잊혔기 때문이다. 살았고, 활동했고, 여러 저작을 남겼지만 잊힌 존재. 그런데 잊혔다는 표현을 쓰려면 한때는 유명했던 사람이라는 전제가 있어야 한다.

산타야나는 1900년대 초 하버드대학교에서 학생들을 가르칠 때만 하더라도 미국에서 가장 뛰어난 철학자 중 한 명으로 꼽혔다. 대중에게서 잊힌 그를 나는 이 책을 통해 발견했고 어쩌면 누군가에 의해 또 재발견될 수도 있을 것이다.

헌책방은 일반 서점과 달리 절판된 책을 자주 다룬다. 이렇게 잊힌 책과 잊힌 작가를 다시 소개하는 것도 헌책방의 고유한 임무다. 잊힌 작가와 책들, 그리고 그 사상을 발견해 세상에 드러내는 것은 커다란 즐거움이자 유희다. 그러니까 말하자면 이것은 놀이이기도 해서 헌책방은 때때로 아기자기한 놀이터가 된다. 산타야나에 의하면 놀이란 눈뜨고 꿈꾸는 것이다. 마치 책을 보듯 말이다.

우리는 책을 읽을 때 눈을 뜨고 글자를 보며 상상을 한다. 시각장애가 있는 사람이라면 눈으로 읽는 대신 귀로 듣거나 손으로 점자를 만질 텐데, 어느 쪽이든 꿈을 꾸기는 매한가지다.

책이 없다면 꿈도 없다. 서점이 꿈들의 놀이터가 되지 않는다면 더 많은 책과 작가, 이야기들이 잊히고 말 것이다. 잊힌 다음엔 사라진다. 사라지고 나면 눈은 감기고 꿈도 끝이다. 눈먼 자들의 세상이 되고 만다.

당신 주머니나 가방에 책을
넣고 다니는 것은, 특히
불행한 시기에, 당신을
행복하게 해 줄 다른 세계를
넣고 다니는 것을 의미한다.

오르한 파묵, 『다른 색들』 173쪽, 민음사, 2016.

외출하며 지갑을 빠뜨려서 다시 집으로 돌아오는 일이 종종 있다. 하지만 책을 빠뜨리는 경우는 거의 없다. 책과 책 속의 활자, 이야기가 들어 있는 매체에 대해 나는 일종의 강박증을 갖고 있다. 아주 가끔 책을 잊고 나올 때면 지갑이나 교통카드를 두고 나왔을 때와는 비교할 수도 없을 만큼 마음이 불안하다. 몇 해 전 이 불안을 해소하기 위한 예방책을 하나 마련했다. 스마트폰에 전자책 앱을 설치하고 자주 읽는 책은 종이책과 전자책을 모두 구입해 두는 것이다. 그러면 책을 깜빡 잊었을 때도 전자책으로 읽고 싶은 글을 바로 찾아볼 수 있어 안심이 된다.

이런 말을 하면 사람들은 왜 똑같은 책에 돈을 두 번 쓰는지 의아하게 여긴다. 전자책은 단지 예방책이고 종이책이 우선이라고 해명하더라도 이것을 이해하는 사람은 많지 않다. 어쩌면 나하고는 다른 세계에 사는 사람들 같다. 애써 그렇게 생각하고 더 이상 해명이나 변명은 하지 않는다.

내 세계는 종이 위에 있다. 휴대폰이나 태블릿 '속'에 있지 않고 종이 '위'에 있다. 종이 위 세계는 거대한 왕국이고 그 안에서는 무엇이든 가능하다. 반대로 무엇을 하든 매번 실패하는 세계이기도 하다. 나는 이 '다른 세계'를 좋아한다. 실패하든 성공하든 중요하지 않다. 이 세계가 아닌 다른 세계를 안다는 것만으로도 뿌듯하다.

서점이라면 두말할 것도 없다. 여긴 온갖 세상의 집합체다. 나란히 꽂아 둔 책 중에서 한 권을 꺼내기 위해 손가락 한 개를 가볍게 얹는 순간 세계는 순식간에 이곳에서 저곳으로 이동한다. 굳이 판타지 장르가 아니어도 괜찮다. 사실 우리 서점엔 판타지 장르 책이 거의 없다. 서점 자체가 판타지 세계이이시인시 판타지 소설에 오히려 무감하다. 세계를 쌓아 둔 서점, 그 자체가 거대한 판타지이며 오직 나만을 위해 존재하는 세상이다.

서점은 단골손님들이
흔히 드나드는 친근한 클럽
같은 인상을 주었지만,
어떻게 수지를 맞추는지는
전혀 알 길이 없다.

빌 브라이슨, 『빌 브라이슨 발칙한 유럽산책』 67쪽, 21세기북스, 2008.

발칙한 빌 브라이슨은 진짜 웃긴 사람이다. 그리고 『빌 브라이슨 발칙한 유럽산책』은 정말 웃기는 얘기로 가득 찬 여행기다. 어딜 가든 이 사람 주변에선 재미있는 일들이 끊이지 않고 또 그걸 진짜 웃기게 글로 쓸 수 있는 재능을 가진 사람이다.

그런데 이 사람도 작가이고 책으로 먹고사는 게 일이어서 그런지 파리 시내의 한 서점에 갔을 때만큼은 진지한 고민을 한다. 도대체 이 서점은 어떻게 수지를 맞추고 있는 것일까? 장담하건대 이 책 전체에서 웃기지 않는 부분은 이 장면이 유일하다!

그 자리에 내가 있었다면 답을 해 줬을 텐데. 왜냐하면 지금껏 십수 년간 서점을 운영하면서 나도 그런 질문을 많이 들었기 때문이다. 같은 대답을 너무 자주 해서 이젠 서점 입구에다가 '자주 묻는 질문과 답'을 커다랗게 써 놓고 싶은 심정이다.

그 답이 무엇인가 하면, 책을 안 사는 사람을 빼곤 다들 책을 사기 때문에 서점이 망하지 않는다는 것이다. 나만 하더라도 그렇다. 다른 서점에 가면 꼭 책을 산다. 끝내 살 책이 없으면 내가 쓴 책이라도 사서 나온다. 오해는 하지 말길 바란다. 사재기를 한다는 얘기는 아니니까. 단지 한 권 정도 애틋한 마음에 데려온다.

요즘은 대형 중고서점에 가도 내가 쓴 책을 자주 본다. 그러면 그것도 보이는 대로 산다. 역시 같은 마음에서다. 나아가 이런 식으로나마 서점 운영에 도움을 주고, 더 크게는 출판 산업 전반에 조금이나마 긍정적인 역할을 하겠다는 뜻으로!

바로 이런 '순결한 정신'의 소유자들 덕분에 서점은 죽지 않고 오늘도 문을 연다.

읽고 싶은 책은 늘 기둥의
가장 아래쪽에 있다.

문보영, 『책기둥』 165쪽, 민음사, 2017.

사실 조그만 동네 책방은 기본적으로 (큰)돈을 벌 수 없는 구조다. 그런데 아주 희한하게도 많은 책방이 달마다 비싼 월세를 내면서 살아가고 있다. 그것이 가능한 이유는 사람들이 책을 사기 때문이 아니다. 사람들이 같은 책을 다시 사기 때문이다. 몇 번이나 반복해서 같은 책을 사서 책방들이 살아남는다. 사람들이 같은 책을 다시 사는 이유는 대략 다음과 같다.

읽었던 책인데 완전히 기억 속에서 잊혔기 때문에
이미 가지고 있는 책인 줄 모르고(이런 경우 집에 돌아오면 잘 보이는 곳에 같은 책이 멀쩡히 놓여 있다)
누군가에게 빌려준 후 돌려받지 못해서
누군가 책을 훔쳐 가서
누군가에게 빌린 책인데 그 책을 분실해서
빌려 읽은 책을 돌려주고 보니 그 책이 꼭 필요해서
읽어 보니 너무 좋은 책이라 주변에 선물하기 위해
내가 쓴 책이라서
같은 책이지만 새로운 번역서가 나와서 비교해 보려고
같은 책이지만 새로 나온 책 표지가 더 예뻐서
가지고 있던 책을 고양이가 긁어서
가지고 있던 책에 강아지가 쉬를 해서
다 읽고 헌책방에 팔았는데 아쉬움이 남아서
책 정리가 힘들어서 차곡차곡 쌓아 두었는데 필요한 책이 거대한 '기둥' 맨 밑에 있어서

책방지기라는 직업은
중요한 순간에 아무짝에도
쓸모가 없어서 매일매일
손톱만 물어뜯었다.

이보람, 『적게 벌고 행복할 수 있을까 2』 23쪽, 헬로인디북스, 2019.

시내 서점에 갔다가 독립서점 '헬로인디북스' 운영자인 이보람의 『적게 벌고 행복할 수 있을까』를 샀다. 1권도 아직 못 읽어 봤는데 어느덧 속편까지 나와서 둘 다 샀다.

꽤 큰 서점이라 사람이 많았는데 어떤 사람이 『적게 벌고 행복할 수 있을까』에 관심이 가는 듯 들어 보더니 책 표지만 보고는 던지듯이 내려놓는 것이다. 그는 같이 온 친구에게 비아냥거리는 표정으로, "어떻게 적게 벌고 행복하냐? 행복은 돈인데……!" 하면서 이죽거렸다. 아마 별 뜻은 없고 그저 가벼운 농담으로 그랬을 것이다. 나는 그 사람들이 지나간 뒤 다른 책 위에 나뒹구는 그 책을 다시 원래 있던 곳에 올려놓으면서 생각했다. '뭐라도 한마디 해 줄걸……!' 하지만 그저 생각뿐이었다.

세상엔 많이 벌어도 불행한 사람이 있고 적게 벌어도 행복한 사람이 있다. 이건 결코 감상적인 말이 아니다. 행복은 성적순이 아니라는 말이 있듯이 행복은 통장 잔고의 크고 작음에 따른 것이 아니다. 그러면 행복의 순서는 어떻게 정하는가? 애초에 정할 필요가 없고 정해서도 안 된다. 그것은 북한산 비봉에서 느끼는 바람이 더 좋은가 아니면 도봉산 오봉에 올랐을 때 불어오는 바람이 좋은가에 대해 토론하는 것처럼 아무런 의미가 없다.

돈으로 따지면 가진 것이 훨씬 적을지 몰라도 나는 내가 여느 기업 대표보다 더 행복하다고 자신할 수 있다. 책방지기라는 직업이 아무짝에도 쓸모없다 말하는 이보람도 그럴 것이라고 믿는다. 행복에 관해서는 말이다. 행복은 쓸모의 차원이 아니니까.

"팔리는 책보다는 팔고 싶은 책이 중요합니다. 항상 그걸 봅니다. 그다음은 어찌 되든 상관없어요."

이시바시 다케후미, 『서점은 죽지 않는다』 282쪽, 시대의창, 2013.

『서점은 죽지 않는다』라는 책을 읽으며 느낀 점이 참 많다. 지금까지 일본이라고 하면 우리나라와 비교도 할 수 없을 만큼 독서와 책의 강국이라고 여겼는데 그럼에도 이들은 여전히 분투하며 책에 대한 논의를 끊임없이 이어가고 있다. 주로 책 축제 시기를 맞춰 일본을 방문하면 그 기간에 책을 판매하는 것도 큰 행사지만 세미나, 토론회, 학술 발표회, 책 산업 관계자들의 모임 같은 것이 꽤 활발하다. 흥미로운 점은 그런 행사에 가 보면 딱히 출판이나 서점 관계자가 아닌 사람들도 많이 와 앉아 있다는 거다. 『서점은 죽지 않는다』도 그런 행사를 통해 나온 결과물이다.

여기서 내가 주목한 부분은 '문제의 남자'라는 재밌는 별명을 가진 지쿠사쇼분칸의 우루타 가즈하루가 했던 말이다. "팔리는 책보다는 팔고 싶은 책이 중요합니다. 항상 그걸 봅니다. 그다음은 어찌 되든 상관없어요." 팔리는 책보다 팔고 싶은 책이 더 중요하다는 단호함! 기본적으로 이들은 서점 일꾼이기 이전에 지독한 독서가들이다. 손님보다 책을 더 많이 읽어야 하는 것을 일종의 의무로 알고 있을 정도다. 이런 사람들에게 멋지게 포장한 보도자료 같은 게 통할 리가 없다. 팔고 싶은 책을 판다, 어찌 되든 상관없다, 하는 배짱이 있다.

하긴 나도 그런 생각이 있었으니 헌책방을 시작한 것 아닌가? 헌책방의 책은 도매상의 영향을 비교적 덜 받는다. 요즘엔 대부분 서점에서 책을 큐레이션해서 파는데 헌책방이야말로 아주 오래전부터 그렇게 일해 왔다. 책을 들여오면 주인장이 일일이 확인하고, 읽어 보고, 판단하고, 최종적으로 진열한다. 무심한 듯 보이는 헌책방 주인장들이 실은 이런 속내와 배짱을 기진 사람들이다.

수상한 것을 찾으려고 가게를
꼼꼼이 살폈다. 그런데 배가
살살 아파 왔다. 이상하게
나는 책이 가득한 곳에만
오면 배가 아프다. 그래서
내가 책을 싫어하는 건지도
모른다.

김윤경, 『마녀의 비밀책방』 38쪽, 좋은꿈, 2015.

서점에 가면 나는 항상 두리번거리면서 이것저것 살핀다. 동화 『마녀의 비밀책방』에 나오는 아이처럼 자동으로 눈이 이리저리 돌아간다. 내가 찾고 있는 것은 무엇인가? 아이와 같다. 수상한 것을 찾는다.

보통은 가게에 수상한 것이 있으면 이상하다. 그렇지만 서점이라면 얘기가 다르다. 모든 서점엔 수상한 구석이 있어야 한다. 뭔가 비밀스러운 공간이 있어야 하며 주인이 어쩐지 수상한 사람 같은 분위기를 풍기면 더 좋다. 동화에 나온 서점 주인은 늘 마녀 같은 복장을 하고 있어서 아이들은 이곳을 '마녀의 서점'이라고 부른다. 이야기가 진행되면서 '마녀'는 진짜 사악한 마녀가 아니라는 사실이 밝혀지고 서점의 수상한 부분들도 하나씩 정체를 드러낸다.

따지고 보면 서점에 있는 책들 모두가 수상한 물건이다. 다 읽어 보기 전까지 그 정체를 알 수 없으며 전에 읽었다 하더라도 나중에 다시 읽으면 또 다른 부분이 눈과 마음에 들어온다. 같은 책을 여러 번 읽어도 매번 다르다. 그런 책들이 사방에 늘어서 있는 곳이 서점이다. 상당히 수상한 장소다.

나는 그런 책 중에서도 더 이상하고 훨씬 더 수상한 책을 찾고 싶어서 서점을 기웃거린다. 그리고 나중에 내가 찾은 수상한 책들을 우리 서점에 온 손님들께 넌지시 권한다. 이렇게 수상한 기운은 사람과 사람을 통해 뻗어나간다. 그러기를 바란다. 세상이 너무 재미없으니까. 조금은 수상한 재미들이 있어도 좋지 않을까? 그것도 동네 여기저기에 서점이 많아져야 할 이유다. 평범한 서점 말고 수상한 서점 말이다.

"그런데 말입니다. 저는 책을 아주 좋아하는 사람인데도 책이 많은 곳에 가면 배가 살살 아프거든요. 그 이유는 무엇일까요?"

훌쩍 들어간 책방에서 전혀
생소한 책이나 평소 궁금했던
책, 어쩐지 마음이 가는 책과
우연히 만나는 개인적인
체험은 책방이 존재하는 한
사라지지 않는다. 그러한
책방은 반드시 규모가 크지
않아도 된다. 작아도, 어쩌면
작기에 그러한 체험이
가능하다.

우치누마 신타로, 『앞으로의 책방독본』 176쪽, 하루, 2019.

책방에서는 책과 사람이 연결되고 마침내 사람과 사람이 이어진다. 사람과 사람이 만나고 얽히면 마지막으로 삶과 삶이 손잡고 느릿한 춤을 춘다. 책을 읽다가 우연한 기회에 그 안에 있는 글자들이 일렁거리고 춤을 추는 것 같은 느낌이 들면, 주변을 둘러보라. 손잡아 주기를 기다리는 사람이 거기 있을 것이다. 그의 삶이 흐릿한 비전처럼 주위에 떠돌고 있다는 예감이란 책과 책방을 통해서만 얻을 수 있는 특별한 체험이다.

내가 K를 만난 것도 훌쩍 들어간 어떤 헌책방에서였다. 그는 거기 좁은 책장 사이에, 아주 오래전부터 바로 그런 자세로 나를 기다리고 있었다는 듯 잔뜩 웅크리고 있었다. 나는 처음엔 무심히 그를 지나쳐서 다른 책장을 어슬렁거리며 하릴없이 책을 살폈다. 내게 느껴진 그 강렬한 예감을 좀 더 거리를 두고 확인해 보고 싶었기 때문이다. 그게 진짜 나를 이끄는 힘이라면 거리는 문제가 되지 않는다.

그 일 이후로 우리는 자주 함께 있었고, 꽤 오래 떨어져 있었던 때도 거리감은 무의미했다. 처음 만난 이후 20년 이상 시간이 지났고 우리는 아주 내밀한 부분까지 서로를 이해하게 되었다. 나는 그를 자주 읽었고 그도 조금씩 속내를 보여 줬다. 지금 K는 내가 일하는 서점의 단골이 되어 여전히 나와 생활의 일부분을 나누고 있다.

이런 멋진 경험을 통해 우리는 함께 성장했고 춤추듯 아름답게 어울렸다. K를 만났던 그 헌책방을 나는 지금도 자주 간다. 그 헌책방은 없어지지 않을 것이다. 근거 없지만 그런 확신이 든다. 따뜻한 예감이 나를 감싼다.

이 진실로 고귀한, 밤늦게 여는 가게들은 언제나
나의 열정적인 관심의 대상이었다. 흐릿한
불빛 아래, 가게의 어둡고 엄숙한 내부에서는
페인트와 니스와 향의 냄새, 먼 나라와 희귀한
물건들의 냄새가 풍겼다. 그런 물건들 중에서는
벵골의 등불, 마법 상자, 오래전에 잊혀진 나라의
우표, 중국산 판화, 남빛 물감, 말라바르의 송진,
이국적인 벌레의 알, 앵무새, 큰부리새, 살아
있는 불도마뱀과 바실리스크 도마뱀, 만드라고라
뿌리, 뉘른베르크에서 만든 기계장치 장난감,
항아리 속에 든 호문쿨루스, 현미경, 쌍안경과
특별히 가장 신기하고 희귀한 책들, 놀라운
판화와 재미있는 이야기로 가득한 오래된 2절판
책들을 찾아낼 수 있었다.

브루노 슐츠, 『계피색 가게들』 100쪽, 길, 2003.

내가 수년 전에 '심야책방'이라는 콘셉트를 생각했을 때 '밤'과 '책'이라는 두 가지를 기막히게 연결한 나 자신에게 스스로 큰 상이라도 주고 싶었다. 특별할 것도 없이 2주에 한 번씩 밤새도록 서점 문을 열어 두는 행사를 했는데 신기했던 탓인지 공중파 텔레비전 뉴스 프로그램에서도 촬영 나왔을 정도다. 아마 이런 행사를 한 것은 우리 서점이 전국 최초이지 않을까 싶다.

밤은 시간과 공간을 함께 가지고 있는 이상한 세계다. 거기에 책이라는 물건이 더해지면 모든 것이 더 풍성해진다. 영화와 책, 음악과 책, 그림과 책, 사람과 책, 그리고 책과 책. 심지어 대낮에는 전혀 어울릴 것 같지 않은 것도 밤에는 괜찮다. 라면과 책, 신발과 책, 의자와 책, 바퀴벌레와 책, 아무것도 보이지 않는 미래에 대한 불안과 책.

우리 서점엔 브루노 슐츠가 표현한 저 고귀한 물건들이 하나도 없다. 그러니 다만 밤이라는 세계를, 목적 없이 거리를 돌아다니는 사람들과 나누었을 뿐이다. 비록 지금은 심야책방 행사를 더 이상 하고 있지 않지만 서점은 여전히 늦게까지 문을 열어 놓고 있다. 그러니까 밤에는 아무런 목적도 없이 이곳을 방문해 주기를 바란다. 목적이 없다는 것은, 그만큼 더 진기하고 가슴 설레는 책들을 발견할 여지를 더해 주기 때문이다.

☞ '밤의 서점'에 대해 더 읽고 싶다면 [문장079]로 가시오.

내가 가게 유리문을 열고
들어설 때면 언제나 고서점
주인이 칸막이 문 옆에
단정히 앉아 둥근 등을
바깥쪽으로 약간 비스듬하게
돌린 채 코끝으로 흘러내리는
안경에 의지하여 뭔가를 읽고
있다. 내가 가는 시간도 대개
밤 일고여덟 시로 정해져
있지만 그때마다 보게 되는
노인이 앉은 장소와 모습도
거의 정해져 있다.

나가이 가후, 『강 동쪽의 기담』 12쪽, 문학동네, 2014.

어릴 적 내가 기억하는 서점 주인은 말끔하게 차려입은, 허름하지만 몸에 잘 맞는 양복을 입고 있는 모습이었다. 주변에서 어른이라고 하면 우선 부모님을 가장 많이, 자주 보게 되는데 내 부모님은 옷을 잘 입는 사람이 아니었다. 당신들은 대강 아무것이나 입고 일을 했던 것 같다. 그래서인지 부모님이 일할 때 입은 옷이 어떤 느낌이었는지 지금 거의 기억에 남아 있지 않다. 차림새가 기억나지 않으니 그때의 얼굴 역시 정확하게 떠올리기 어렵다. 아버지는 내가 중학교 3학년 때 돌아가셨다.

시간이 흘러 나는 서점에 자주 다니게 되었는데 여러 곳에 단골 서점을 두고 있던 당시에도 내가 결국 서점을 차리게 될 거란 생각은 거의 하지 않았다. 왜냐하면 그 무렵엔 이미 서점 주인에 대한 환상이 많이 깨졌기 때문이다. 말끔한 차림새에 과묵하지만 뭔가 늘 생각하고 있는 듯 깊은 눈동자, 탄탄한 팔뚝과 거칠지만 깨끗한 손등. 나는 언제나 서점 주인과 외모를 같이 두고 생각하길 즐겼는데 정작 그렇게 딱 맞아떨어지는 서점 주인은 없었다.

그런 서점 주인이 있었다면 나는 소설 속 '나'가 그랬던 것처럼 원래 가려던 길이 아니어도 일부러 멀리 골목을 돌아 서점에 한번 들렀다 갔을 것이다. 서점에 간다는 것은 꼭 책을 사기 위해서만은 아니니까. 책이 있는 분위기와 서점 주인의 독특한 개성, 그리고 책들 사이에 들어가 있을 때 느껴지는 포근한 안정감⋯⋯. 그것들까지 만나는 것이니까.

실은 나도 지금 그런 모습을 상상하면서 매일 일을 시작하기 전 내 차림새를 거울에 비춰 본다. 일하기 위한 모습, 사람과 책을 만나기 위한 자세, 내 기억 속에서 훌륭하게 다시 살아나고 있는 그 멋진 태도들을 나는 계속 재현해 내고 싶어서 애쓰고 있다.

서점은 지금 바로
도움이 되지 않는 것들의
보물창고다.

시마 고이치로, 『나는 매일 서점에 간다』 73쪽, 키라북스, 2019.

책과 관련된 일을 오래 하다 보니 자연스럽게 책에 얽힌 즐거운 기억이 많다. 하지만 즐거운 기억만큼 씁쓸한 일도 자주 겪었다. 『작은 책방 꾸리는 법』에서도 언급했던 일화인데, 몇 해 전 동두천에 있는 도서관으로 강의를 하러 가다가 1호선 전철에서 만났던 한 노인과 얽힌 일화는 좀처럼 잊히지 않는다.

동두천까지는 꽤 먼 길이라 전철에서 읽기 위해 책을 미리 준비했다. 다행히 앉을 자리가 생겨서 나는 편한 마음으로 가방에서 문고본을 꺼내 읽기 시작했다. 그때 내 옆에 한 노인이 앉아 있었는데 스마트폰이 아니라 책을 읽는 젊은이가 기특해 보였는지 무얼 읽고 있느냐고 물었다. 나는 소설이라고 답했다. 그랬더니 노인이 갑자기 화를 내는 것이 아닌가? 이유인즉슨, 젊은 사람이 "소설 따위"나 읽고 있으니 나라가 이 모양이 되었다는 거다. 나는 너무도 황당해서 대꾸조차 하지 못했다.

노인은 내게 꽤 오래 빈정 섞인 말을 늘어놓았다. 그는 소설이 아무짝에도 쓸모없는 것이며 그러니 젊은 사람이 그런 책을 보면서 시간을 낭비하는 것은 본인은 물론 국가적으로도 큰 손해라고 주장했다.

나는 그 말에 어느 정도는 동의한다. 일리가 있다. 소설은 우리가 사는 데 별 도움이 되지 않는다. 하지만 여기엔 '지금 당장은'이라는 단서가 붙어야 옳다. 책이라는 게 그렇다. 당장 뭘 바라면서 책을 읽는다는 것은 바보 같은 생각이다. 책은 쌓인 후에야 가치가 생기고 그 훗날의 가치를 기대하면서 지금 읽어 나가는 것이다. 그러니까 당장은 무가치할 수밖에 없다. 가능성이라는 의미로만 존재하는 물건을 가득 쌓아 둔 곳이야말로 보물창고다.

서점을 찾는 이들이여. 한량 같다거나 빈둥거린다는 말을 들어도 그저 다른 귀로 흘려 버려라. 훗날 보물은 그대들의 안에서 빛나고 있을지니.

서점 안에서 뭔가를
바꾸어야 하는데
그게 나일 것 같은 예감이
들었다.

레베카 레이즌, 『센 강변의 작은 책방』 231쪽, 황금시간, 2017.

지금껏 내가 서점에서 일하며 바꾸거나 없애거나 새로 들여놓은 사항을 정리해 봤다. 그러나 이것은 온전히 '내가' 했다고 볼 수 없다. 왜냐하면 언제나 K가 함께 있었기 때문이다. 그래서 나는 항목을 정리만 하고 순서는 K가 정했다. 이 목록의 순서는 내 의견과 무관하다. 다만 괄호 안의 말은 내가 덧붙인 것이다.

- 8년간 지하에 있던 서점을 2층으로 옮김(비용 180만 원).
- 원목 양주 장식장을 길에서 주워 책장으로 활용.
- 동네 편의점 앞에서 대형 플라스틱 상자를 가져옴(편의점 일꾼에게 허락받음. 헌책방 물물교환 상자로 활용하고 있다).
- 거의 10년 동안 지속됐던 '순환독서' 행사 종료.
- 우리 서점에서 처음으로 시행한 '심야책방' 행사 종료.
- 은평구청 근처 골목에서 멋진 원목 책장 주워 옴.
- '헌책방 옆 제본 공방'과 협업.
- 한국문학 이론서 퇴출(부천 용서점에 기증).
- 제본 공방 도움으로 영국 빅토리아시대 고서 섹션 신설.
- '나'를 바꿈(이것은 나 스스로 한 일은 아니다. 우리 몸은 일정한 주기로 완전히 새로운 세포조직이 생겨난다. 우리의 몸은 영원히 똑같을 수 없다. 마음이나 태도 역시 중국 경극 배우의 변검술처럼 자꾸만 바뀐다. 책방에 오는 손님들을 보고 나는 매번 재빠르게 다른 가면을 쓴다).

K는 마지막 목록은 없애거나 수정하자고 했지만 나는 그대로 두기로 결정했다. 앞으로도 계속 내가 바뀔 것이니 나 자신이 서점의 변화 사항이다.

"목적도 없이 잠시 들러볼까
하는 마음으로 올 수 있는
장소가 동네에서 사라지면
정말로 재미없어집니다."

북쿠오카, 『책과 책방의 미래』 178쪽, 펄북스, 2017.

서점을 순례하거나 서점 주변을 기웃거리는 일이 우리 삶을 윤택하게 하는 일상 중 하나라고 나는 믿는다. 우리는 '목적'이라고 하는 것에 떠밀리고, 목표에 끌려다닌다. 그런 삶은 사람을 피곤하고 지치게 만든다. 게다가 모든 사람이 원하는 목적지에 갈 수 있는 것도 아니다. 그 목적지는 노력 여하를 떠나서 사람을 기다려 주는 법도 없다. 그것은 오로지 사람을 밀고 나가 어디론가 알 수 없는 곳에 데려다 놓고 이것이 너의 목적이었다며 다그친다. 그래서 목적에 이끌려 다니는 사람은 흔히 자신을 잃고 수많은 목적 사이에서 방황하게 된다.

그런 의미에서 '목적도 없이 잠시' 무엇을 한다는 것은 생활에 큰 활력을 가져다준다. 특히 아무런 목적도 없이 몸을 움직여 어떤 장소에 다녀 보는 것만큼 특별한 경험은 없다. 그것은 곧 불안한 경험이기도 하다. 몸을 움직여 어딘가로 이동한다는 것은 그만큼 시간을 쓰고 에너지를 투자한다는 것을 의미한다. 아무런 목적도 없이 그런 투자를 하는 것은 우리의 마음을 불안에 휩싸이게 하기 마련이다. 그러나 흥미롭게도 이것이 또한 '재미'의 한 부분이다. 진정한 재미는 어떠한 목적도 바라지 않는 지점에서 시작된다.

나는 주변에서 재미있게 서점 일을 한다는 얘기를 곧잘 듣는다. 맞는 말이다. 왜냐하면 여기서는 내가 느끼기에 재밌는 일만 기획하기 때문이다. 재미가 없으면 의미도 없는 게 일인데, 그래서 나는 목적보다는 의미를 선택했다. 뭔가 되어 보려는 목적 같은 건 애초에 없다. 그저 나와 같은 마음으로, 가끔은 아무런 목적도 없이 동네를 어슬렁거리다가 이곳에 온 사람들에게 즐거움을 선물할 수 있는 책방이 된다면 그것이 바로 내가 바라는 의미와 비슷하다.

자기 자신의 인생과 행복과
성장 및 자유 등에 대한
긍정은 자기가 가진 사랑의
능력, 즉 예를 들면 관심과
존중과 책임 그리고 앎에서
유래하는 것이다.

에리히 프롬, 『자기를 찾는 인간』 115쪽, 종로서적, 1982.

책방에서 사람들을 만나다 보면 세상엔 정말 다양한 사람들이 있다는 걸 느낀다. 회사 생활을 할 때는 잘 몰랐다. 하지만 책방은 확실히 불특정 다수를 상대하는 일이다 보니 끊임없이 새로운 성격의 소유자를 만나고 그들과 감정을 교환하게 된다. 이런 일을 즐겁게 받아들이면 매일매일 기대감으로 가득할 테지만 매번 새로운 누군가를 만나서 의도하지 않은 얘기를 나눠야 한다는 것이 힘들 때도 있다. 그 의도치 않은 얘기라는 게 즐거운 것일 때는 나도 재미있게 대화를 하겠지만 그런 이야기들은 대부분 부정적인 내용, 하소연, 험담일 때가 많으니 딱히 내 사정이 아니어도 계속 듣다 보면 마음이 힘들어진다.

가끔씩 우리 책방을 찾는 손님 중에 소설을 쓰고 싶다는 분이 있다. 쓰고 싶으면 쓰면 되지 무엇이 문제일까? 그런데 들어보면 항상 무언가 문제가 있고, 책방에 올 때마다 색다른 문제를 들고 온다. 얘기를 가만히 듣다 보면 문제가 생기지 않으면 오히려 불안하다 싶을 정도로 이분 주변에는 소설을 쓸 수 없도록 만드는 문제가 화수분처럼 솟아나는 모양이다.

이 대화 끝에 나는 그에게 에리히 프롬의 책을 권했다. 『자기를 찾는 인간』에서 작가는 건강한 이기주의에 대해 말하며 그것을 가능하게 하는 것이 바로 "사랑의 능력"이라고 결론짓는다. 타인에 대한 애정 어린 관심과 존중은 남을 위한 것이 아니라 결국 자기 자신에게 쌓여서 힘이 될 수 있다. 그런 힘을 소설 속에 녹여 낼 수 있다면 정말 멋진 작품이 되리라 믿는다.

사람들은 언제나 다양한 문제를 가지고 산다. 나 또한 그렇다. 나만 그런 게 아니라 우리 책방에도 다양한 문제가 있다. 나는 좀 더 사랑스러운 마음으로 이 문제들을 바라보기로 했다. 그것들을 내 안에서 녹여 낼 수 있을 때까지. 결국 이 모든 일이 내게 앎이 되고 힘이 될 수 있기를 바란다.

"어른이 되는 길목에
흘리고 간 기억의 숲에서
길을 잃은 것 같아."

타니구치 지로 작화·쿠스미 마사유키 원작, 『우연한 산보』 35쪽,
미우, 2012.

어릴 때도 만화는 즐겨 보지 않았는데 이상하게도 책방을 하면서 조금씩 찾아 읽게 되었다. 때론 책방을 찾은 손님에게 좋은 만화책을 추천받기도 한다. 쿠스미 마사유키 원작에 타니구치 지로가 그림을 입혀 완성한 『우연한 산보』도 손님 중 누군가가 알려 줘서 찾아 읽었는데 그 후로 시간 날 때마다 몇 번이나 다시 보곤 하는 소중한 작품이 되었다.

만화의 주인공은 평범한 회사원인데 걷는 것을 좋아해서 외근을 나가거나 주말에 외출할 때면 늘 자신도 의도하지 않은 곳을 향해 발길을 옮기곤 한다. 내가 특히 재미있게 보았던 부분은 주인공이 지하철역 근방에 있는 작은 헌책방에서 오스카 와일드가 쓴 『행복한 왕자』를 발견해 읽으면서 알고 있던 결말과 다르다는 생각을 하는 장면이다.

나름의 방식으로 책방을 운영하고 책장을 정리하면서 가끔 지금 나는 어른일까 아직 아이일까 하는 생각을 한다. 어쩌면 이건 '기억'과 관련 있는 물음이 아닐까? 많은 기억은 사는 동안 길가에 버려지지만 미련이 생겨서 꽁꽁 감춰 두기도 하는데 버리고 감추기를 반복하다 보면 기억의 숲에서 길을 잃는다. 자기만의 길이 명확하다면, 나는 어른이 아니라고 생각한다. 책이 가득한 서가 사이에서 길을 잃어버리듯 뜻하지 않게 잔뜩 쌓여 버린 기억들을 어쩌지 못하고 미아가 된 것 같은 기분을 느낄 때, 나는 어른이 된 것을 실감한다.

지금의 길과 기억으로 다시는 돌아올 수 없다는 것을 담담하게 받아들이는 내 모습이 조금 서글프지만, 그럼에도 나는 오늘도 헤매고 있다. 책들 사이를, 삶과 생활 사이에서 우스운 몸짓으로 갈팡질팡한다. 어른이 된다는 것은 차고 넘치는 기억을 과자 부스러기처럼 길 위에 흘리며 아무렇지도 않게 걸어가는 일이다.

나는 창이 있는 서점의
문을 열었다. 그리고
봄이라고 하는 문자를
찾았다.

유미리, 『창이 있는 서점에서』 120쪽, 무당미디어, 1997.

서점에 창이 없는 이유는? 책 쌓아 둘 곳도 많지 않은데 창문 같은 감상적인 디자인에 그 넓은 벽 공간을 써서야 되겠는가? 그것은 명백한 낭비다. 게다가 창으로 쏟아져 들어오는 햇빛은 어떻고? 책은 드라큘라처럼 햇빛을 싫어한다. 빛이 닿으면 바래기 마련이다. 또 한 가지. 서점에 창이 있으면 손님들이 책을 고르다 말고 창밖을 내다본다. 그리고 생각한다. '이 책을 꼭 사야 할까?' 고개를 가로젓고 책을 다시 내려놓는다. 창은 책을 사지 못하도록 손님들에게 이런 사악한 생각을 주입한다. 그러니까 창은 필요 없다.

그런데 어느 날 작가 유미리는 새로 이사 온 동네에서 놀랍게도 창이 있는 서점을 발견한다. 작가는 곧 그 서점의 단골이 된다. 창이 있기 때문이고 새벽까지 문을 열기 때문이기도 하다. 창이 있는 서점은 정오가 넘은 시간에 문을 열어 새벽 3시까지 운영한다. 놀랍게도 시대를 앞서간 '심야책방'의 원조이다. 지금까지는 내가 원조인 줄 알았는데 아쉽게 됐다.

작가가 거기서 구입하는 책은 정해져 있지 않다. 그것이 핵심이다. 아무것도 정해 놓지 않고 서점에 들어간다는 것. 이것이 진정한 독자의 자세다. 완연한 봄날에 유미리는 창이 있는 서점에 들어가서 무작정 '봄'이라는 글자가 들어간 책을 찾아 사서 읽는다. 그게 전부다. 더 이상의 의미는 없다. 봄이니까 봄의 책을 읽을 뿐.

사람들은 서점이나 책에 너무 큰 의미를 부여한다. 서점은 무거운 짐을 지고 녹초가 된 모습으로 힘겹게 오늘을 살아간다. 내일도 역시 그 짐은 줄어들지 않을 것이다. 그 짐을 줄일 수 있는 방법은 서점이나 책이 가진 판타지를 깨는 것뿐이다. 독자들이 먼저 이 혁명을 시작해야 한다. 서점이나 책은 사실 아무것도 아니다. 서점 주인이나 작가가 별것 아닌 것처럼.

서점이란 무엇일까요?
그것은 아주 특별한 종류의
은행입니다. 우리는 그곳에서
돈을 거래하지는 않습니다.
우리는 그곳에서 꿈을 꾸고
자유를 갈구합니다.

에릭 드 케르멜, 『에르브 광장의 작은 책방』 7쪽, 뜨인돌, 2018.

서점을 정의할 수 있는 말은 많다. 서점은 무엇이든 될 수 있으며 동시에 아무것도 아닐 수 있다. 여기서 사람들은 무엇을 할 수 있을까?

나는 어릴 적 책에 빠져 살았는데 동네 어른에게 이런 말을 들은 적이 있다. "서점에 다니면 돈이 나오냐, 쌀이 나오냐?" 서점에 가는 대신 공부를 하라며 호통쳤다. 사실 나는 공부를 잘해서 성적도 좋았다. 그런데 공부나 하라는 그분의 말에 "저 공부 잘하는데요?"라고 토를 달았다가는 한 대 얻어맞을 것 같아서 그냥 알겠다고 말했다. 물론 그때 서점에서 내가 공부를 한 것은 아니다. 학교 공부는 집에서 했다. 그런데 나는 일찌감치 이 '공부'라고 하는 것이 학교 시험 성적을 잘 받는 것 이외에 다른 것까지 포함한다는 것을 알고 있었다. 몇몇 어른들은 그 사실을 모르는 것 같았다. 어쩌면 내게 공부나 하라고 호통친 어른도 학교 성적은 분명 나보다 나빴을 것이다.

학교에서 배울 수 없었던 것이 하나 있다. 자유다. 학교는 자유를 가르쳐 주지도 않을뿐더러 오히려 그것을 빼앗으려고 했다. 수백 명이나 되는 아이들을 통제하려면 몽둥이로 교탁을 탕탕 두드리며 자유를 억압해야 하기 때문이다. 나는 선생님께 맞고 싶지 않았고 자유롭고 싶은 마음도 커서 서점에 갔다. 거기서 나는 자유를 공부하지 않았다. 자유는 학습으로 배우는 것이 아니다. 자유는 아무것도 아닌 것조차 그냥 그대로를 존중하며 사랑해 준다.

나는 여전히 그런 꿈을 꾸고 있다. 누군가 억압과 통제를 피해 자유를 찾으려 서점에 온다면 나는 그를 있는 그대로 존중하며 사랑해 줄 것이다. 그것이 내가 서점에서 일하는 이유다.

나는 책에 많은 것을, 아니
모든 것을 빚지고 있다.

장 그르니에, 『일상적 삶』 131쪽, 청하, 1988.

"아무 서점이나 들어가서 내키는 대로 책을 뽑아 들어 보세요. 아예 눈을 감고 책을 선택해도 됩니다. 그 책을 읽어 보면 작가들은 대부분 멍청이라는 사실을 알 수 있을 겁니다"라고 언젠가 N이 내게 말했다. 그는 자세를 고쳐 앉은 다음, 특유의 "푸우—" 하는 소리를 내뱉고는 이렇게 덧붙였다. "이건 누구도 반박할 수 없는 사실입니다. 왜냐하면 멍청한 사람들만이 책을 쓸수 있거든요. 그러니까 책을 쓴 사람은 모두 멍청이라고 바꿔 말해도 되는 겁니다. 이 사람들은 책을 쓰면서 자신이 저질렀던 일들을 반성하고 잘못 갔던 길을 후회합니다. 한 번도 실패한 적이 없거나 지금까지 올바른 길만 걸었던 사람이라면 책을 쓸 필요가 없습니다. 물론 그런 사람들이라면 책을 읽을 필요도 없지요. 시험지를 받았을 때 정답을 이미 다 알고 있다면 굳이 다른 걸 확인할 필요가 없는 것처럼 말입니다." 그는 여기까지 말한 다음 살짝 웃으며 물을 한 모금 마셨다. 그런 다음, 다시 "푸우—."

"저도 마찬가지입니다. 멍청했지요. 이를테면 아주 오래전 이야기지만 L이라는 어린 소녀와 단둘이 여행을 했을 때 저는 사람들로부터 비난을 많이 받았고 그 일이 큰 상처로 남았습니다. 저는 그 이야기를 책으로 썼고 반성하자는 의미에서 앞부분에 약간 도덕적인 내용도 넣었습니다. 결론적으로 그 책은 꽤 팔렸습니다. 그러니까 저는 제가 쓴 책에 많은 걸 빚지고 있는 것입니다. 그런 생각으로 다른 사람이 쓴 책들을 봅니다. 역시 비슷하더군요. 그들도 나와 다르지 않다는 걸 깨달았습니다. 모두 멍청이들이고 삶을 잘못 살았어요. 그렇기 때문에 책을 썼고, 책을 읽었고, 그만큼 책에 빚이 늘어났지요. 이 빚을 이찌 다 갚을 수 있을지 모르겠습니다"라고 말하면서 N은 쌓인 책들 쪽으로 천천히 고개를 돌렸다.

누가 나보고 고서점이 어떻게
생겼느냐고 물었다면, 나는
거기에서 본 것과 아주 비슷하게
묘사를 했을 것이다. 거뭇한 목재로
만든 책장들과 거기에 들어차
있는 고서적들, 그리고 육중한
정사각형 탁자에 올려져 있는 또
다른 고서적들. 한쪽 구석에 놓인
작은 탁자와 그 위에 놓인 컴퓨터.
불투명 유리를 끼운 창문의 양쪽에
걸린 두 장의 채색 지도. 은은한
불빛, 커다란 초록색 등갓들. 한쪽
벽에 나 있는 문, 책을 포장하거나
발송하기 위한 작업장으로 보이는
그 너머의 좁고 기다란 골방.

움베르토 에코, 『로아나 여왕의 신비한 불꽃』 87쪽, 열린책들, 2008.

N이 이탈리아에 가 보았는지는 알 수 없지만 나와 N은 은평구에 있는 여기 작은 서점에 앉아 움베르토 에코의 글을 두고 진정한 이탈리아 고서점의 분위기에 대해 밤새도록 대화를 나눈 일이 있다. 나는 이탈리아에 가 보지 않았고 앞으로도 그런 일은 없을 것 같지만 우리는 마치 이탈리아 고서점에서 일하는 두 일꾼이 된 것처럼 이 단순한 문장 하나를 근거로 밤을 지새웠다.

책장과 탁자, 의자는 모두 거뭇한 목재여야 한다. 나무 무늬 필름을 붙인 것은 가증스럽다. 오직 원목을 사용해야 하며 그것이 오래된 책에 대한 예절이다. 실내는 어두워야 한다. 사람을 위해서가 아니라 책을 위해서. 어떤 불빛도 책을 직접 비춰서는 안 되고 탁자에 올라간 작은 램프는 불투명한 유리 사이로 초록의 빛을 흘려보내고 있어야 한다. 초록빛이어야 하는 이유는 그것이 책의 표지를 더욱 아름답게 비추기 때문이다. 또한 초록빛은 사람을 편안하고 몽롱하게 만든다. 이런 감정이 되지 않으면 책이 걸어오는 말을 잘 듣지 못한다. 헌책이 걸어오는 말을 들으려면 이러한 분위기를 기본으로 갖추고 있어야 한다.

나는 몇 년 전, 헌책이 내게 말을 걸어오던 그 순간을 기억하려고 애쓴다. 그때는 N이 내 옆에 없었다. 그가 곁에 있었다면 내가 좀 더 확실하게 그 말을 들을 수 있었을 텐데, 하고 자주 생각한다. 하지만 어쩌겠는가. 그것은 이미 몇 년이나 지난 이야기가 됐고 지금 우리는 추억을 이야기하고 있다. 서점 한구석 내 자리에 앉아서 나도 얌보처럼, 에코처럼 하염없이 기억을 퍼 올리며 기다린다. 책과 밤이 들려주는 신비한 불꽃을 염원하면서. 이것이 내가 10년 넘게 서점에서 지내며 한 일의 거의 진부다.

사실 우리는 책 중독자가
'되는' 게 아니라 책 중독자로
태어난다. 임상적인 의미에서
우리는 완전히 미쳤다.

톰 라비, 『어느 책중독자의 고백』 50쪽, 돌베개, 2011.

책 중독자로 태어난 사람 중 많은 수가 작가이기도 한데(하지만 왜 그런지 작가로 태어난 사람 중 책 중독자인 사람은 많지 않은 것 같다) 그들은 하나같이 현실적인 생활보다는 책 속으로 들어가 숨는 것을 즐겼다. 그러나 현실은 냉혹해서 이런 사람들을 용납하지 않았고 어떤 작가들은 평생을 미친 사람 취급받으며 살다가 쓸쓸히 죽음을 맞기도 했다.

그런데 참으로 이상하게도 이런 비극적인 이야기가 엮여 있을수록 수백 년이 지난 후에는 대단한 작가로 재평가되는 경우가 많다. 왜 삶은 그가 살아 있을 때 조금이라도 명예와 재물을 허락하지 않았을까? 죽은 다음에 얻게 될 명성의 단 1퍼센트 정도만이라도 생전에 주어졌더라면 『모비 딕』을 쓴 허먼 멜빌은 세관원이 아니라 전업 작가로 더 많은 작품을 남겼을지도 모른다. 아니, 그 반대일까? 낮에는 일하고 밤에 글을 썼던 멜빌이나 카프카가 전업 작가였다면 그처럼 훌륭한 작품을 탄생시킬 수 없었을 것이라는 이야기도 일리가 있다. 도스토옙스키가 술과 도박에 빠지지 않고 얌전히 앉아서 글만 썼더라면 『죄와 벌』이나 『백치』 같은 작품이 세상에 태어나지 못했을 수도 있다. 이 얼마나 아이러니한 삶인가!

나는 언젠가부터 내가 책방과 글쓰기를 동시에 하려고 태어난 것은 아닐까 하는 멍청한 생각에 빠져 있다. 내가 나를 보아도 현실적이지 못한 면이 많다. 이렇게 살다가는 곧 망하겠구나 싶을 정도로 책방 운영도 열심히 하지 않고 있다. 그런데도 손님이 오는 것을 보면 그들도 뭔가 이런 이상한 곳을 찾아오도록 이끄는 운명의 끈에 연결된 것이 아닌가 싶다. 물론 내가 멜빌이나 카프카 같은 사람이 될 일이야 없겠지만 상상조차 못 할 이유는 없다. 지금 쓰고 있는 이 책이 200년쯤 흐른 뒤 고전으로 꼽히게 될지 누가 또 알겠는가?

남자: 안녕하세요? 좋은 책
추천해 주실 수 있나요?
직원: 그럼요. 어떤 책 찾고
계신데요?
남자: 그게, 실은 제가
오늘 아침에 출소를 해서
너무 무겁지 않은 책이면
좋겠습니다.

젠 캠벨, 『그런 책은 없는데요…』 78쪽, 현암사, 2018.

우리 책방이 경찰서 건너편 건물 지하에 있을 때다. 상당히 무더운 여름이었는데 지하라 그런지 책방 안은 바깥보다 훨씬 시원했다. 에어컨을 틀어 놓으면 한기가 느껴질 정도였다. 책방에 혼자 앉아 있었는데 누군가 계단을 내려오는 소리가 들렸다. 소리를 들으니 한 명은 아닌 것 같았다.

문이 열리고 누군가 들어왔는데 나는 단번에 이들이 손님이 아니라는 사실을 알았다. 둘 다 남자였고 한 명은 덩치가 컸다. 다른 쪽은 상대적으로 왜소해 보였다. 덩치가 큰 사람은 자신을 서부경찰서 형사라고 소개했다. 다른 한 남자는 범죄자였다. 덩치 큰 형사가 왜소한 범죄자를 붙잡아서 경찰서로 데리고 들어가려는 참이었다. 그런데 잡혀가던 남자가 잠시만 시간을 내서 책방에 들어가자고 했다는 거다. 형사는 이 남자를 데리고 경찰서 바로 앞에 있는 우리 책방으로 들어왔고 남자는 혹시 『데미안』이 있는지 물었다. 그 책을 잠깐 읽고 가도 되겠냐는 거였다.

그런데 마침 우리 책방엔 그 흔한 『데미안』이 없었다. 책이 없다고 하자 잠시 너무나도 무거운 침묵이 흘렀고 이내 잡혀 온 남자는 의자에 앉아서 눈을 감고 무언가를 생각하는 듯 고개를 살짝 들었다. 그는 땀을 흘리고 있었다. 나는 『데미안』의 작가가 쓴 다른 책은 어떻겠냐고 물었고 그는 좋다고 했다. 잠시 후 그에게 『유리알 유희』를 내놓았고 남자는 아무 곳이나 펼쳐 몇 쪽을 조용히 읽다가 "이젠 다 됐으니 가자"고 했다. 그 목소리를 들으니 문득 남자가 이제 유리알 속에 갇힌 신세가 될 것 같다는 막연한 느낌이 들었다. 책방엔 『싯다르타』도 있었는데 그때 내가 왜 남자에게 『유리알 유희』를 권했는지 모르겠다. 나는 여전히 그날, 그 책을 자주 떠올리곤 한다.

밤늦게까지 책을 읽고 있어도
아무도 뭐라 하지 않았던,
아무도 내게 간섭하지 않았던
이 책방에는 내가 모르는
자유를 가르쳐 주는 이야기가
늘 배경처럼 흐르고 있었다.

소설가 하명희, 「마음을 건드리는 말」『보보담』, 2019년 봄호.

'서점'이라는 단어보다 '책방'이라 부르는 걸 좋아한다. "책방" 하고 입술을 움직여 말하면 우선 책이 있는 방이 머릿속에 그려진다. 그리 크지 않은, 사방으로 책이 가득하고 나지막한 책상과 의자 하나 있을 뿐인 그런 풍경 말이다. 아무것도 움직이고 있지 않지만 모든 게 춤추듯 자유롭게 날고 있는 곳. 그런 장소가 바로 책방이다.

그러나 책방도 돈을 벌어야 가게를 유지할 수 있다. 이것이 내겐 심각한 아이러니였다. 책을 다루는 곳에서는 돈 냄새 말고 책 냄새만 그득하면 좋으련만, 결국 이곳도 돈으로 유지해야 하는 어쩔 수 없는 사업장 아닌가. 그러니 책방도 돈을 벌지 못하면 아무리 오랜 역사를 가졌다고 해도 문을 닫아야 한다. 어제도 어딘가의 책방은 문을 닫아야 했을 것이고 오늘이 마지막 날인 책방도 있을 것이다. 내일도, 그리고 일주일 후에도…… 그만큼 어느 곳에서는 또 새로운 책방이 태어난다고는 하지만 여태 어떤 자리를 지키고 있던 책방이 문을 닫는 것만큼 쓸쓸한 일은 없다. 그 이유가 돈 때문이라면 더욱 마음 한구석이 무거워진다.

내가 헌책방을 운영해 온 지도 이제 10년이 넘었는데, 과연 이곳도 언젠가는 문을 닫게 될까? 그런 생각을 하면 서럽다. 그러나 이 가게를 방문한 사람들이 자유라는 감정을 얻고 돌아간다면 슬프지 않을 것이다. 책과 자유는 다르지 않다. 사람들은 책을 사면서 동시에 그 너머에 더 소중한 것이 있음을 안다.

책도 돈과 마찬가지로 종이 뭉치 아니겠는가. 사실은 돈보다 더 커다란 가치가 담긴 종이다. 나는 거기 숨겨진 것을 끊임없이 찾아내고 싶다. 책 속에 들어 있는 것들은 애써 찾지 않으면 도무지 보이지 않기 때문이다.

모든 일이 궁리만으로
끝난다면 세상은 존재하지
않았을 것입니다.

장 지오노, 『보뮈뉴에서 온 사람』 136쪽, 이학사, 1998.

언젠가 서점에 한 남자가 찾아왔다. 모습을 보아하니 책을 사러 오지는 않은 것 같았다. 그 사람은 들어오자마자 내게로 곧장 다가왔다. 어쩐지 불길한 예감이 스쳤다. 서점일 10년 넘게 하면서 는 것이라곤 '촉'뿐이다. 통장 잔고가 좀 늘어나면 좋으련만. 그건 좀처럼 늘지 않는다.

그 남자는 서점을 차리고 싶어서 내게 조언을 구하러 왔다. 어떤 서점을 만들고 싶은지 생각해 놓은 것이 있느냐고 물으니 '제가 원했던 게 바로 그런 질문입니다!' 하는 들뜬 표정으로 가방 안에서 두꺼운 공책을 하나 꺼냈다. 아차, 이거 내가 또 얘기를 잘못 꺼냈구나. 내 경험상 얘기를 하면서 공책을 꺼내는 사람은 말이 엄청나게 길어졌으니까. 남자는 공책 여기저기를 보여 줬다. 거기엔 서점에 대한 온갖 구상이 다 적혀 있었다. 놀라서 입이 딱 벌어질 만큼 대단한 구상이었다.

너무 오랜 시간 그 남자의 서점에 대한 구상을 듣다 보니 결국 지금 머리에 남아 있는 것은 거의 없다. 남자 입장에서는 좋은 결과일지도 모른다. 내가 그걸 다 기억하고 있었다면 그 아이디어를 훔쳐서 우리 서점에 적용했을 것이다. 누구라도 그러고 싶을 만큼 멋진 계획들이 많았기 때문이다. 그런데 왜 남자는 그런 계획을 공책에 무진장 써 두기만 하고 정작 서점을 시작하지는 못할까? 내가 궁금한 것은 그 지점이었다. 불현듯 이불 속에서 상상만으로 소설이나 논문을 써 둔 『날개』의 주인공이 떠올랐다.

나는 남자에게 지금 당장 서점을 시작해도 좋을 것 같다는 말과 함께 장 지오노의 잘 알려지지 않은 소설 한 권을 선물했다. 소설의 어떤 장면 때문에 그것을 권했는지는 말하지 않았다. 그가 스스로 내 마음과 닿기를 은근히 바랐을 뿐이다. 그만의 서점, 그만의 세상이 지금쯤 어딘가에서 태어났기를 바란다.

"책은 정보뿐 아니라 사람의 기억, 추억까지도 이어 주는 매개체입니다. 그렇기 때문에 저는 책을 사서 누군가에게 파는 행위에 항상 성실하게 임하려 합니다."
— 도쿄 기치조지역 근처에 있는 헌책/신간 셀렉트 책방 '하쿠넨' 점장 다루모토 기히로 인터뷰.

현광사 MOOK 편저, 『도쿄의 서점』 43쪽, 나무수, 2013.

헌책방에서 일한 지 10년이 넘어가니 이 일을 언제까지 할 계획이냐고 질문하는 사람이 이제는 없다. 그래서 요즘엔 스스로 나자신에게 묻는다. 이걸 언제까지 할 수 있을까? 지금 재미있게 일하고 있으니 딱히 불만은 없다. 그만둘 때가 분명히 오겠지만 그날을 미리 머릿속에 그려 보고 싶지는 않다. 그저 할 수 있는 만큼 하고 싶을 뿐이다. 유명해지고 싶다거나 돈을 많이 벌고 싶은 생각도 없다. 그저 운명이 허락하는 동안에 이 많은 책에 둘러싸여 건강하게 일하는 것뿐이다.

그런 생각을 하다 보니 오직 내 위주로만 생각했던 이 일이 조금 더 넓게 보이기 시작했다. 이곳을 다녀간 어떤 사람은 별것 아니라며 실망했을지도 모르고 또 다른 사람은 굉장한 보물을 발견한 것처럼 기뻤을 수도 있다. 여기에서 뜻밖의 책을 발견하고 그것으로 일주일이나 한 달 정도 즐겁게 보냈다면 나는 그 즐거움에 함께한 셈이 된다. 그 손님의 이름도 모르고 언제 다시 이곳에 올지도 알 수 없지만 이 장소를 기억하고 있다면 추억의 아주 작은 조각을 선물한 것이니 나는 기쁘다.

몇 해 전 도쿄에서 멋있기로 소문난 동네 기치조지에 들러 그곳 상점가 골목에 있는 책방 '하쿠넨'을 방문했다. 그때 일꾼과 몇 마디 이야기를 나눴고 몇 년이 지난 지금까지도 좋은 인상을 간직하고 있다. 나중에 우리말로 번역된 책에서 그곳을 운영하는 점장인 다루모토 기히로 씨가 했던 인터뷰를 읽고 나는 마음이 숙연해졌다. 재미있게 운영하고 싶어서 재미없어지면 책방을 그만두겠다고 웃으면서 했던 나의 인터뷰가 한없이 부끄러웠다. 이곳엔 나의 자취뿐만이 아니라 이곳을 다녀간 많은 사람의 추억이 책과 함께 쌓여 있다. 그러니 재미있더라도 나혼자만 재미를 보는 건 안 될 일이다.

"특이한 책방의 점장을 맡고
있습니다. 만 권이 넘는
막대한 기억 데이터 안에서
지금 당신에게 딱 맞는 책을
한 권 추천해드립니다."

하나다 나나코, 『만 권의 기억 데이터에서 너에게 어울리는
딱 한 권을 추천해줄게』 13쪽, 21세기북스, 2019.

제목만 보고서는 이 책이 일본의 흔한 라이트노벨 중 하나라고 생각했는데 읽어 보니 충격적이게도 실화였다. 저자인 하나다 나나코는 책과 잡화를 함께 늘어놓고 판매하는 '빌리지뱅가드'라는 서점에서 10년 넘게 일한 베테랑 서점원이다. 그는 회사를 그만두고 뭘 해야 할지 고민하다가 자신의 책 지식을 활용해 재미있는 일을 시작한다. 인터넷 만남 사이트 'X'에서 사람을 만난 다음 그들의 고민을 듣고 그에 맞는 책 한 권을 추천한다는 것이다. 재미있게 읽긴 했는데 곰곰 생각해 보고는 과연 이런 일이 실제로 가능할까 의문이 생겼다. 책을 권한다는 것은 의사가 환자를 진찰한 다음 약을 처방하는 것과는 완전히 다른 문제이기 때문이다.

이 세상에 책은 아마 약의 종류보다 많을 것이고 더 빨리 늘어날 것이며, 사람들이 털어 놓을 마음의 증상 역시 몸의 증상보다 다양하고 복잡할 것이다. 반면에 나나코 씨의 기억 데이터, 즉 독서 기록에는 한계가 있을 텐데 어떻게 딱 맞는 처방이 가능할까? 만 권이든 2만 권이든 사실상 먼지처럼 보잘것없는 숫자일 거라는 생각이 들었다.

하지만 그럼에도 나나코씨의 이 실험은 아주 훌륭하다고, 나는 믿는다. 어찌됐든 책과 사람을 만나게 하려는 노력이니까. 나나코 씨의 독서는 더 많은 사람을 책과 만나게 할 것이고, 그렇게 책과 만나는 사람이 많아질수록 나나코 씨가 만나야 할 책 역시 늘어날 것이다. 그의 서점은 결국 거대한 만남의 장소이며, 그 만남은 끊임없이 되풀이된다.

만남 사이트 프로젝트 이후 나나코 씨는 도쿄 외곽의 서점에서 여전히 서점원으로 일하고 있다. 장소는 달라졌지만 그는 여선히 책과 사람을 이어 주는 역할을 담당하고 있을 것이다. 그의 막대한 기억 데이터 역시 조금씩 늘어나고 있을 게 분명하다. 지금쯤 얼마나 늘어나 있을까?

모험의 재미는 목표지에
깃발을 꽂는 결과가 아닌
어떻게든 나아가는 과정에
있다고 생각한다.

가쿠하타 유스케, 『극야행』 82쪽, 마티, 2019.

서점의 모양은 이 세상이 나아가는 과정 중 하나다. 다른 나라를 여행하거나 낯선 도시를 방문해 보면 서점의 모습이 모두 다르다. 서점 내 분위기나 일꾼의 태도 역시 다양하다. 그래서 나는 그것으로 그 지역이 무엇을 향해 가고 있는지 짐작한다.

그런데 세상은 목표가 없이 굴러가고 있다. 마치 우주의 끝이 어떤 방향인지 아무도 모르는 것처럼. 끝을 알려면 시작을 먼저 알아야 하는데 우리는 그 시작을 짐작만 할 뿐 어느 곳에 있는지 알지 못한다. 그야말로 세상이 굴러가는 것 자체가 모험이라고 부를 만하다. 어느 곳으로 가는지, 끝에 무엇이 있는지도 모른 채로 곤두박질하고 있기 때문이다.

모 기자가 내게 앞으로 서점이 어떤 방향으로 가게 될지 생각해 본 일이 있냐고 물었다. 나는 서점이 어떤 방향으로 가든지 상관없고 심지어 가지 않고 멈춰도 이상하지 않다고 말했다. 사람들은 과정이라는 것을 불안하게 여긴다. 그것은 완료되지 않은 상태, 불완전한 상태이기 때문이다. 그러나 세상이든 서점이든 살아 움직이는 모든 것은 태어나서 죽을 때까지 과정뿐인 삶을 산다. 과정 자체가 삶이라고 해도 된다. 그러니까 과정을 즐기지 못하면 태어난 것에 대해서 이해할 수 없으며 죽음에 대해서도, 과정의 끝에 대해서도 불안한 마음을 가질 수밖에 없다.

『극야행』의 작가 유스케는 극지방으로 모험을 떠난 일이 있다. '극'은 세상의 끝으로, 남극 혹은 북극이 여기에 해당된다. 그러나 둥근 지구에서 시작과 끝은 어디에 있으며 그것을 애초에 정한 사람은 누구란 말인가? 결국 그가 얻은 결론도 이와 비슷하다. 극을 향해 돌진하는 것은 의미가 없다. 결국 모든 것은 과정에서 과정으로 옮겨가는 어느 한 시점이 있을 뿐이다.

한 사회의 서점을 한번
둘러보는 것이 그 사회의
정치 체제나 현황에 관해
연구하는 것보다 더
정확하고 전면적인 이해의
방법일 수 있다.

탕누어, 『마르케스의 서재에서』 46쪽, 글항아리, 2017.

타이완 최고의 문화비평가로 평가받는 탕누어. 그의 말대로 잠깐 지금 우리 사회 서점의 모습을 살펴볼 필요가 있겠다. 대한민국에서 책 판매량이 제일 많다는 인터넷 서점에서 발표한 2019년 상반기 베스트셀러에 대한 분석 기사 중 일부는 다음과 같다.

(1) 책을 통해 유튜브 제작법부터 성공 노하우를 배우려는 독자는 30대가 37.3퍼센트로 가장 많았다. 특히, 40대 및 50대 독자층도 각각 26.4퍼센트, 10.4퍼센트의 비중을 차지하며 높은 관심을 보였고, 60대 이상 독자층 또한 1.9퍼센트의 비중으로 1.8퍼센트를 기록한 10대보다 높게 나타나며, 유튜브에 대한 시니어의 관심을 입증했다.

(2) 스타 강사 김의 유튜브 채널 '김○○ TV'에 소개된 책들은 방송 후 일주일간의 판매량이 (직전 동기간 대비) 350퍼센트에서 최대 5360퍼센트까지 증가했다.

(3) TV 드라마 속에서 주인공의 감정을 대변하고, 위로하는 장치로 등장한 시詩는 독자들에게 큰 관심을 받았다. tvN 드라마 「남자친구」에 언급된 B 시인의 시집은 2019 상반기 종합 베스트셀러 6위를 차지했고, 드라마 「로맨스는 별책부록」에 소개된 시집은 54위, 또 다른 시집은 192위에 이름을 올렸다. 시집 3종의 구매자는 남성 25퍼센트, 여성 75퍼센트의 비율로 여성이 압도적으로 높았으며……

그의 말은 그럴듯한가? 서점은 지금 우리 사회를 어떻게 보여 주고 있는가?

자유를 누리려면 돈이 있어야
했지만, 한 몫의 자유를
사기 위해 돈을 쓸 때마다
그는 똑같은 몫으로 자신을
부정해야 했다.

폴 오스터, 『우연의 음악』 31쪽, 열린책들, 2003.

나는 아주 어릴 적부터 서점 단골이었는데, 이것 역시 지금 생각해 보면 우연이다. 우연히 나는 그 가게에 들어갔고 마침 들어갔던 곳이 서점이었다. 서점이 나를 잡아끌었다고 해야 맞을까? 그렇지 않고서 어떻게 내가 그 가게로 발걸음을 옮길 수 있었을까? 서울시 성북구 정릉동, 정릉시장 한구석에 있던 그 서점으로 가려면 적지 않은 우연들이 있어야 했다. 그러니까 이 우연들은 사실 필연으로 가기 위한 하나의 과정일 것이라고 믿게 됐다.

폴 오스터의 소설엔 유산을 받아 큰돈이 생긴 한 사람이 등장하는데, 물론 그 유산도 우연한 기회에 받게 됐다. 그리고 그 돈으로 자유를 만끽한다. 자본주의 선진국 미국이라는 나라에서는 돈이 곧 자유를 상징한다. 미국의 사회 제도를 그대로 따르고 있는 우리나라 역시 돈이 자유라는 등식에서 벗어나지 못한다. 어디를 가든지 돈이 있어야 더 자유로워진다. 하지만 이 등식이 무참히 깨지는 이상한 장소가 있다. 바로 서점이다.

서점은 누구든지 우연히 들어올 수 있는 곳이다. 맘 먹고 서점을 찾는 사람도 있긴 하지만 대개 우연히 마음이 움직여서 서점에 온다. 손님은 우연히 들어왔다가 우연히 둘러보고 우연히 어떤 책 한 권을 살 것이다.

여기서부터 우연은 폭발적으로 증식하며 모든 것을 바꿔놓는다. 역시 우연히. 자유라면 서점에서 우연히 누릴 수 있는 가치의 아주 작은 부분에 지나지 않는다. 서점에서는 그 자유너머에 있는 평안과 안식도 살 수 있다. 하지만 그것은 돈으로 사는 게 아니다. 돈으로 살 수 없는 것은 돈을 받고 파는 것도 아니다. 그저 제 몫을 양껏 챙기면 된다. 돈과 상관없이 자유와 평안, 안식을 무한대로 누릴 수 있는 곳, 이런 우연을 만나는 곳이 서점이다.

시인들의 도움을 받는
행복한 아침에 나는
친근한 낱말들을 약간
청소하는 것을 좋아한다.

가스통 바슐라르, 『몽상의 시학』 64쪽, 동문선 2007.

서울 강남에 있는 회사에 다닐 때, 나는 새벽에 대한 환상을 갖고 있었다. 고즈넉한 거리, 차분하게 가라앉은 공기, 창문을 열면 들려오는 거슬리지 않는 소음들. 하지만 그것들은 말 그대로 환상이었다. 당시 내게 새벽은 잠이 오지 않아서 괴롭거나 일찍 일어나야 해서 힘든 시간, 둘 중 하나였다.

지금은 새벽이나 아침에 출퇴근할 일이 없다. 그리고 보니 자연스레 새벽만큼이나 오후도 고즈넉하다는 걸 알았다. 점심 먹고 잠깐 책방 주변을 산책한다. 손에는 물병 하나, 책 한 권을 챙긴다. 도시는 때로 새벽보다 오후에 더 조용하다.

어느 날 책방에 앉아서 바슐라르의 책을 읽다가 답답한 마음에 그대로 책을 들고 밖으로 나갔다. 그런데 조금 걷다가 손에 들린 책을 보니 바슐라르의 책이 아니었다. 물병을 챙기다가 실수로 옆에 있던 다른 책을 집어 들었던 모양이다. 다시 돌아가고 싶지는 않았기에 가져온 책을 그대로 읽었다. 허수경의 시집이다. 표지 디자인, 판형 어느 하나 바슐라르의 책과 비슷한 것이 없는데 어떻게 이 책을 들고 나온 것일까. 자책과 함께 실없이 웃음이 나오면서 기왕에 이렇게 되었으니 오늘은 허수경과 인연인가보다 하고 골목 어느 곳에서 시를 읽었다. 생각을 더듬어도 그때 허수경 시인의 어떤 시를 읽었는지는 기억에 없다. 다만 그렇게 시를 읽고 난 다음 책방에 돌아가서 바슐라르의 책을 읽었더니 아주 잘 읽혔다. 바슐라르는 아침에 시인의 도움으로 낱말을 청소한다는 멋진 말을 썼는데, 나 역시 그런 도움을 받았다.

사실, 바슐라르의 그 책은 내가 회사에 다니던 때 고즈넉한 새벽을 상상하며 지하철에서 읽으려고 도전했던 책이다. 그 새벽은 고즈넉하지 않았고 시인의 도움도 없었다.

"요즘 난 불가능한 일이
일어나게 틈을 좀 더
만들려고 하고 있어."

애나 제임스, 『페이지스 서점』 78쪽, 위니더북, 2019.

불가능한 일이 자주 일어나는 서점에 대해서 들어 본 일이 있는가? 아마 없을 것이다. 왜냐하면 불가능한 일은 일어날 수 없는 일이기 때문이다. 이를테면 여섯 면짜리 주사위를 던져서 7이 나왔다는 얘기처럼 말이다. 게다가 우리가 사는 세계가 『이상한 나라의 앨리스』의 주인공이 굴러떨어진 땅 밑 세상이 아닌 이상에야 불가능한 일들이 자주 일어난다면 견디기도 힘들 것이다. 그런데 한편으로 우리는 그 불가능한 세계를 동경한다. 영화나 책을 보면 현실에선 일어나기 힘든 사건들이 자주 소재로 쓰인다. 사람들은 그것이 현실이 아니라 단지 스크린 위에서만 일어나는, 작가의 상상으로 꾸며 낸 일이라는 것을 알기에 아무리 허무맹랑한 이야기라도 야유를 보내지 않고 오히려 그 세계에 빠져들거나 기꺼이 함께 상상한다.

나는 이 이유가 사람마다 '틈'을 가지고 있기 때문이라고 믿는다. '틈'은 '여유'와 조금 다르다. 많은 사람이 책 읽을 시간이 없어서 점점 책과 멀어진다고 한다. 그럴 때 시간은 곧 여유다. 모두에게 동일하게 주어진 24시간 중에 남는 시간. 반면 틈은 시간이라는 개념과는 다르다. 시간은 앞으로만 흐르지만 틈은 마음먹기에 따라서 한없이 넓어질 수도, 손톱만큼 좁아질 수도 있다. 그러니 책 읽기를 시간에만 묶어 두면 도무지 여유가 생기지 않는다. 책을 사랑하려면 시간이 아니라 틈이 있어야 한다. 마음속에 책 한 권을 담아 둘 수 있는 틈 말이다.

애나 제임스의 소설에서 등장인물 앨리스가 "틈을 만들려 하고 있다"는 말을 하는데 이 사소한 언급을 나는 그렇게 이해했다. 그렇게 많은 틈이 존재하는 서점은 말 그대로 불가능한 일이 자주 일어나는 '이상한 나라'의 서점이다. 아, 물론 내가 일하고 있는 서점 이름이 '이상한나라의헌책방'이라서 이런 식으로 글을 맺는 건 절대 아니다.

서점에 가면 책을 사는 것도
사지 않는 것도 고통이다.

천정환, 『근대의 책 읽기』 23쪽, 푸른역사, 2014.

대형 서점에 가기 힘들다는 사람들을 종종 만난다. 마트나 백화점, 명동 상점가처럼 사람들로 북적이는 곳에서는 아무 문제가 없는데 대형 서점에만 가면 이상하게 머리가 아프거나 속이 울렁거린단다. 책방에서 일하다 보니 이런 증상을 보이는 사람을 꽤 여러 명 만났다.

사실 나도 대형 서점에 가면 배가 아프다. 원인이 무얼까 오랫동안 생각했다. 중고등학생 때는 인터넷도 없었으니 검색할 수도 없었다. 어른들에게 한두 번 물었는데 그때마다 "네가 책을 싫어하기 때문이지!"라며 대수롭지 않다는 듯 대답하셨다. 책을 엄청나게 좋아했기에 그런 말을 들으면 좀 억울했다.

그런데 이상하게도 헌책방에 가면 배가 아프지 않고 오히려 기분이 좋아졌다. 책이 있는 두 공간, 이곳들의 차이점은 뭘까? 어렸을 적 한동안 흠뻑 빠졌던 추리소설의 탐정처럼 추리해 봤다. 그리고 내가 내린 결론은 새 책과 헌책이라는 차이다. 헌책은 말 그대로 묵은 책이라 책 만들 때 쓰인 화학약품이 많이 빠진 상태이고 그래서 새 책을 가득 쌓아 놓고 판매하는 곳과는 달리 몸에 아무런 이상이 없었던 것 아닐까? 새집증후군 같은 게 책에도 적용된다고 하면 그럴듯한 논리다.

물론 정말 그런지는 알 수 없다. 누가 제대로 연구해 주면 좋겠다. 지금도 책을 좋아하는 많은 사람이 대형 서점에 갔을 때 배가 아파서 고통받고 있으니까. 헌책방에서 일한 지 이제 10년이 넘었는데 시내 대형 서점에 가면 여전히 속이 울렁거린다. 어쩌면 나는 평생 헌책과 함께 지내야 할 운명인가 보다.

그러니까 서점에 가면 배 아픈 자들이여, 우리 헌책방으로 오라. 문을 여는 순간부터 그윽한 책 향기에 이끌려 상쾌한 기분이 들 것이다. 여기선 어떠한 고통도 없으리니……!

내가 당신을 안다고 말할 때,
그것은 내가 어제 당신을
알았다는 얘기다. 나는 바로
지금의 당신을 모른다.

지두 크리슈나무르티, 『아는 것으로부터의 자유』 185쪽, 정우사, 1979.

서점은 책을 구매하는 사람들 때문에 존재하는 가게가 아니다. 값을 치르고 책이라고 하는 물건을 사는 것과는 별개로 그것을 읽고 또 읽는 진지한 독서가들이 있기에 살아간다. 살아간다는 것은 생명이 있다는 얘기다. 생명은 들숨과 날숨, 호흡이 있다. 서점은 다른 가게와 달리 문을 열고 들어가면 이 호흡이 전해진다. 물론 그렇지 않은 서점도 있다. 이런 서점에 들어가면 분명히 문을 열고 영업을 하고 있지만 죽은 것 같은 섬뜩한 느낌이든다.

진정한 독서가란 어떤 사람들인가? 이들은 앎을 부정하기 때문에 오히려 아는 것으로부터 자유로운 생활을 누린다. '아는 것을 부정한다'는 말은 '모른다'는 게 아니다. 어제까지의 앎을 가지고 오늘을 살지 않는 사람들이다. 그렇기 때문에 책을 읽고, 그냥 읽는 게 아니라 자주, 그리고 반복해서 읽는다.

이렇게 자꾸만 새로운 앎을 향해 나아가는 독서가가 서점에 많이 올수록 공간에는 활력이 생긴다. 책장 곳곳마다 숨길이나 있는 것처럼 신선한 공기가 가득 찬다. 살아 있는 서점이란 바로 이런 모습이다. 지식이 산더미처럼 쌓여 있는 것이 아니라 그것으로부터 자유로워야 좋은 서점이다.

가끔 헌책을 사면 검인지만
잡아 뜯은 흔적이 남아 있는
경우가 있다. 다시 말해
검인지만 모으는 사람이 있는
것이다.

가쿠타 미쓰요·오카자키 다케시, 『아주 오래된 서점』 158쪽,
문학동네, 2017.

책은 아마 가장 오래된 수집 대상 중 하나일 것이다. 먼 과거에는 영원히 그 실체를 알 수 없을 알렉산드리아도서관처럼 국가가 나서서 책을 수집한 경우도 있었다. 현대로 오면서 책 수집은 여러 분야로 가지를 치기에 이르러, 이제 모든 책의 초판만 찾아내 사거나 작가의 서명본을 모으는 것은 이미 많은 사람이 하는 일이 되었고 오탈자가 있는 판본만 골라 수집 대상으로 삼는 사람도 꽤 있다.

편집자 출신 서평가 오카자키 다케시의 지령을 받아 책에 관한 미션을 수행하게 된 번역가 가쿠타 미쓰요는 검인지에 주목해 책을 수집하던 중이었다. 두 사람은 책을 찾아 작은 부분까지 놓치지 않고 살폈다. 검인지는 아주 중요한 것이지만 언젠가부터 "저자와 협의에 의해서"라는 말과 함께 사라져 버렸기 때문에 흔치 않은 수집 품목이다. 검인지가 사라진 책을 보고, 미쓰요는 책의 전 주인이 검인지 수집가일 거라는 상상을 하는데, 솔직히 말하자면 아주 순진한 생각이다. 전 주인보다는 책방지기가 수집가일 확률이 높다. 헌책방 주인은 새로운 책이 들어오면 일일이 확인하고 그 안에서 뭔가 수집할 것이 있는지를 살피는 첫 번째 사람이기 때문이다. 단단하게 붙은 검인지를 감쪽같이 떼어 내는 방법도 당연히 알고 있다.

그러나 검인지가 붙어 있을 때 값어치가 상당해지는 책이 있고 그런 경우엔 그것이 붙어 있는 상태로 판매해야 제값을 받는다. 가령 『보물섬』의 작가 스티븐슨의 진짜 검인지가 붙어 있는 책이라면 검인지를 수집하는 것보다 그런 책에 군침을 흘릴 만한 다른 수집가를 찾아 파는 게 이득이다.

스티븐슨의 오리지널 검인지가 붙은 책을 내게서 샀던 R도 분명히 이 책을 읽고 있을 것이다. 그에게 한마디 하겠다.

"그건 정말이지 내가 당신한테 크게 양보한 거라고!"

"있잖은가, 내가 항상
이곳에 대해 꿈꾸는 게 있어.
저 건너 노트르담을 보면,
이 서점이 저 교회의
별관이라는 생각이 들곤
하거든. 저곳에 맞지 않는
사람들을 위한 별관."

제레미 머서, 『시간이 멈춰선 파리의 고서점』 313쪽, 시공사, 2008.

어느 장소라고 하더라도 거기에 맞지 않는 사람은 있기 마련이다. 그런데 그 사람들 대부분은 어쩔 도리가 없어서 맞지 않는 장소에 억지로 속해 있는 경우가 많다. 학교에 맞지 않는 사람, 회사에 맞지 않는 사람, 군대에 맞지 않는 사람, 가정에 맞지 않는 사람, 이 나라에 맞지 않는 사람⋯⋯.

서점에 오는 사람 중엔 어디에도 맞지 않아서 떠돌아다니는 방랑자 같은 이들이 많다. 얘기를 나눠 보면 이들은 결코 사회 부적응자가 아니다. 이 사회가 지금 요구하는 것보다 조금 앞서 나가거나 다르게 생각하고 있어서 무언가와 잘 안 맞는다는 평가를 받은 이들이다. 뒤처진 이들도 사실은 뒤처진 것이 아니다. 감히 아무도 보려고 하지 않는 이 공동체의 이면을 매우 유심히 관찰하는 재능을 가졌을 뿐이다. 주변을 맴돈다는 이유로 '아웃사이더'라고 불리는 이들도 자세히 보면 실은 군대의 정찰병처럼 누구보다 먼저 이 사회의 외부로 나가 있는 용기 있는 사람들이다.

그런 사람들이 서점에 오는 이유는 책이 그들을 부르기 때문이다. 우리가 지금 높이 평가하는 책 대부분은 쓰일 당시엔 어디에도 맞지 않는다는 평가를 받은 사람들이 쓴 것이다. 하지만 지금의 세상은 놀랍게도 그들이 만든 터전 위에서 발전한 결과물이다. 그러니까 책은 그런 사람들을 끌어들이는 보이지 않는 힘이 있다. 어디에도 맞지 않는 사람들, 세상은 결국 그들로 인해 좀 더 나은 방향으로 나아간다. 그런 사람들을 위한 장소가 동네 곳곳에 더 많아져야 하는 이유가 여기에 있다.

"외람되지만 우리
셰익스피어 앤드 컴퍼니
서점이 당신의
『율리시스』를 출판하도록
허락하시겠습니까?"

릭 게코스키, 『아주 특별한 책들의 이력서』 164쪽, 르네상스, 2007.

서점은 무모한 생각들로 가득한 무모한 가게다. 왜냐하면 거기서 다루는 물건이 책이기 때문이다. 거기에 더해서 그 무모한 가게가 무모한 물건을 생산해 내기까지 한다면? 무모함의 극치다.

제임스 조이스의 『율리시스』를 20세기 최고의 문학작품이라고 말해도 반론은 거의 없을 것이다. 이 엄청난 대작은 완벽한 무모함 그 자체라고 해도 된다. 우리말 번역서로는 1,000쪽이 넘는 방대한 분량에 책 전체가 한 편의 시라고 해도 될 만큼 상징과 수수께끼로 가득하다. 도무지 읽을 수 없는 책이다.

책을 쓴 작가는 남성이지만 이것을 불멸의 작품으로 만든 것은 몇 명의 무모한 여성이었다. 우선 『율리시스』 원고를 보고 연재를 결정한 「에고이스트」 잡지 발행인 해리엇 위버가 있다. 그녀는 이 무모한 원고를 책으로 탄생시키려고 출판사를 운영하고 있던 소설가 버지니아 울프를 찾아갔다. 하지만 울프는 『율리시스』의 막대한 원고 분량과 독특한 분위기 때문에 이 제안을 반려한다.

몇 년 후 파리에서 서점을 운영하던 미국인 실비아 비치가 『율리시스』 출판이라는 블랙홀에 스스로 뛰어든다. 무모한 서점을 운영하는 무모한 서점 주인이 엄청나게 무모한 책과 함께 자멸할 거라는 주변의 목소리에는 신경 쓰지 않았다. 결국 『율리시스』는 출판됐고 그다음은 모두가 아는 대로다. 이 책은 20세기 최고의 소설로 손꼽히고 있으며 셰익스피어 앤드 컴퍼니 서점 역시 사라지지 않고 여전히 파리에서 성업 중이다.

지금도 몇몇 독립서점은 출판을 함께하고 있다. 어쩌면 본인들도 그것이 무모한 일이라고 이미 생각하고 있을지도 모른다. 그러나 책과 서점 모두 무모한 것이고 서점 주인 역시 무모한 존재이니 어쩔 것인가? 거기서 펴낸 책 중에 또 다른 세기의 명작이 나올지도 모를 일이다.

역에서 역으로 이어지는
길에 들어선 골동품 가게,
서점, 레코드 가게, 레스토랑
메뉴판, 여행사, 와이셔츠
가게, 양복점, 치즈 가게,
제화점, 제과점, 고급스러운
정육점, 문구점으로의 순례가
그들의 세계를 말해 주는
것이었다. 그곳에는 그들의
욕망과 희망이 스며 있었다.

조르주 페렉, 『사물들』 83쪽, 펭귄클래식코리아, 2015.

자기가 사는 동네를 유심히 관찰해 본 사람이 얼마나 있을까? 동네를 지나는 전철역과 전철역 사이, 버스정류장과 다음 정류장 사이에 정확히 무엇이 있는지 아는 사람이 있기나 할까? 그러니까 이게 왜 중요한가 하면, 책방은 반드시 그 사이에 있기 때문이다. 책방은 늘 전철역과 전철역 사이에, 이쪽이나 저쪽 버스정류장 어느 곳에서도 가깝지 않은 애매한 곳에 있다. 그러니까 전철에서 내려서, 버스에서 내려 곧장 집으로 가거나 회사로 들어가는 사람에게 책방은 눈에 띄지 않는다. 아예 존재하지 않는 장소처럼 여겨진다.

페렉이 살던 시대 길거리를 묘사한 문장을 보면 각각의 가게들이 욕망과 희망을 의미한다. 그 가게들을 다시 살펴보며 우리 동네 거리의 상점들을 나란히 떠올린다. 우리 책방 주변의 풍경. 지금 이 가게들에 딱히 욕망과 희망이 스며 있지는 않은 것 같다.


골동품 가게 : 편의점이 아닌 동네 슈퍼

서점 : 전단지가 입구에 가득 붙은, 오래전에 문 닫은 상가 점포

레코드 가게 : 시끄러운 음악을 틀어 놓는 휴대 전화 대리점

레스토랑 메뉴판 : 배달 전문 중국음식점의 입간판

여행사 : 파견 직업소개소

와이셔츠 가게 : 언제나 '오늘이 마지막'인 땡처리 옷집

치즈 가게 : 안주로 '왕노가리'만 파는 술집

제화점 : 건널목 앞에 있는 아주 작은 구둣방

제과점 : 서점. 다만, 대형 마트 할인 전단지가 주로 붙어 있다.

고급스러운 정육점 : 비좁은 핫도그 가게

문구점 : 복권방, 상품권 할인 전문점, 인형 뽑기방　135

나는 책방이 사상을 컨트롤해
책을 선별하기는 어렵다고
생각한다. 그래서 정반대
사고의 책을 옆에 진열하기도
한다. 아무리 셀렉트숍인
척해도 결국 책을 선별하는
이는 항상 손님이다.

야마시타 겐지, 『서점의 일생』 174쪽, 유유, 2019.

누구든지 책을 어떤 기준에 맞춰 선별하려는 시도는 의미가 없다. 요즘 셀렉트숍, 큐레이션서점이라는 말을 흔히 듣는데 나는 솔직히 이것들의 의미를 전혀 파악하지 못하겠다. 선별한다는 것은 골라낸다는 뜻이다. 수많은 책 중에서 어떤 의도를 가지고 무엇을, 얼마만큼 골라낸다. 그리고 그것을 진열한다. 손님들 눈에 잘 보이게끔. 좋다, 멋진 의도다. 하지만 멋진 의도 그 이상의 어떤 것이 여기에 더해질 수 있을까?

G는 내가 아는 천재 중에서도 으뜸가는 천재다. 작가인 그는 현대 사회를 경멸하면서도 한편으론 독자들을 쥐락펴락 할 수 있는 능력이 있다. 이 작가는 일찍이 자기 책도 큐레이션 될 것을 알았다. 그래서 G는 책을 쓸 때마다 늘 다른 방식으로, 똑같지 않은 주제를 가지고 썼다. 그 결과 누구라도 책을 선별할 때면 G가 쓴 책을 한 권 정도는 꼭 포함시켰다. 아니면 G가 추천한 책이거나, G를 비판한 책이거나, G를 추종하는 사람이 쓴 책이거나. 어쨌든 G는 그런 방면에서 아무도 모르게 성공했다.

G가 다루고 있는 글의 커다란 주제는 '무가치함'이다. "자신의 책이 선별되어 어떤 책장에 꽂혀 있고 그것을 선택해서 구입하는 손님도 있겠지만 그런 일 자체가 무가치하다." 이런 주장을 명백하게 알리기 위해서라도 그의 책이 모든 서점 주인에게 선택되어야 할 필요가 있다.

큐레이션의 시대는 금방 지나갈 것이고, 서점은 그야말로 다시 책들이 무더기로 쌓여 있던 때로 돌아가야 한다. 책 무더기는 평범한 무더기가 아니다. 이런 무더기 속에서라면 주인이 아니라 손님들의 큐레이션 능력이 제대로 빛날 수 있다. 서점 주인에게 빼앗긴 큐레이션의 권리를 조금씩 되찾아야 할 필요가 있다, 라고 G는 말한다.

"좋아하는 것에 둘러싸인
공간은 역시 최고다!"

황효진, 『아무튼, 잡지』 59쪽, 코난북스, 2014.

서점은 공간空間들로 이루어진 장소다. 이 공간은 "아무것도 없는 빈터"만을 의미하지 않는다. 좀 더 깊은 곳까지 의미를 끌어내려야 한다. 책에 쓰인 말대로 "좋아하는 것으로 둘러싸인 공간"은 언제나 좋다. 책을 좋아한다면 그것들로 가득한 서재나 서점이야말로 가장 멋진 장소일 것이다. 그런데 그 장소들은 책만 있고 그 외에 다른 것은 없는, 비어 있는 곳이 아니다. 좋아하는 것들로 가득 차 있는 것은 물론이고 비어 있는 공간마저도 또 다른 '좋음'들로 빼곡하다. 마치 검게 보이는 이 우주가 실은 빈 공간 없이 '암흑물질'로 가득 차 있듯이 말이다.

말하자면 이쪽 책과 저쪽 책 사이에는 어떤 공간이 있다. 그냥 보기엔 아무것도 없는 공간이지만 이 공간은 수많은 다른 것이 빈틈없이 가득 차 있다. 그것을 채우는 것은 오로지 공간에 들어와 있는 자신의 몫이다. 책과 책 사이에 앉거나 서 있을 때, 그곳이 허전하다고 느긴다면 그것은 자신이 그 공간을 제대로 의식하고 있지 못하기 때문이다. 눈을 감고 의식과 감각을 최대한 예민하게, 팽팽하게 늘이다 보면 어느 순간 그 공간이 가득 차 있음을 안다. 책과 책이 이어 주는 거대한 기억으로.

어릴 때 읽었던 책, 읽었지만 무엇이었는지 기억하지 못하는 책, 이제 읽어 볼 책, 읽어야만 하는 책, 어쩔 수 없이 읽었던 책, 언젠가 읽을 수밖에 없는 책, 관심은 없지만 아는 척해야 할 책, 이런 다양한 책들에 연결된 자신을 발견한 순간, 기억은 이 공간을 거대한 우주로 만든다. 이 우주를, 서점이라는 우주를 설계하고 탐험할 사람은 오직 한 사람, 자신뿐이다. 서점은 그 한 사람만을 위해 존재한다.

나는 나의 이 책이 하나의
전염병이 되기를, 역병처럼
창궐하기를 소망한다.

최정우, 『사유의 악보』 11쪽, 자음과모음, 2011.

"열 살에 서점 한 귀퉁이에서 호기심에 무심코 뽑아 읽었던 책" 한 권. 작곡가이자 비평가인 최정우는 니콜로 마키아벨리의 『군주론』을 '오독'한 탓에 인문학 책을 읽기 시작했으며 연구자가 되었다. 어쩌면 다른 삶을 살 수도 있었던 그를, 잘못 읽은 책 한 권이 전염시킨 것일까? 애초에 바이러스가 득실거리는 서점이라는 공간에 스스로 들어간 것 자체가 문제였을까? 더는 알 길이 없다. 어쨌든 그는 '보균자'가 되었고 여전히 세상 곳곳을 돌아다니며 이 역병을 옮기는 중이다. 그는 자기가 쓴 책 서문에서 자신의 책도 전염병이 되어 역병처럼 창궐하기를 소망한다는 다소 충격적인 희망사항을 드러낸다.

그의 책 『사유의 악보』는 제목 그대로 음악 같은 책이다. 악보는 음악이 아니다. 그것을 소리 내어 연주해야 음악이 된다. 똑같은 악보라도 연주자에 따라 여러 방식으로 해석할 수 있다. 그러니 음악은 해석의 아름다움과 깊이라고 해도 된다. 이렇게 생각해 보면 왜 그가 이 책이 역병처럼 창궐하기를 소망한다고 했는지 알 것 같다.

나는 책은 물론이고 책으로 가득한 서점 역시 세상에 창궐해야 한다고 믿는다. 얌전히 그냥 있으면 안 되고 역병처럼 퍼져서 세상 곳곳에 손쓸 수 없이 창궐해야 한다. 서점의 중요한 기능이 바로 여기에 있다. 사람들을 사유로 오염시키는 것, 생각을 멈추지 않게 하는 것, 세상이 절대 병들지 않았다고 선전하는 무리에게 끊임없이 대항하는 것. 그들에게 서점의 창궐은 지독한 역병일 것이다.

서점이 온 동네에 창궐해야 한다. 나의 이 희망사항이 실현되면 결국 모든 사람이 '걸어 다니는 서점'이 될 것이다. 서점이 서점에 들어가고, 서점끼리 손잡고, 그들이 자꾸만 또 다른 서점을 태어나게 하는 모습을 나는 자주 꿈속에서 만난다.

문학의 첫 기원은
신화였기 때문에, 마찬가지로
그 끝도 신화일 것이리라.

호르헤 루이스 보스헤스, 『칼잡이들의 이야기』 50쪽, 민음사, 1997.

인간이 살면서 기억하는 모든 것은 누군가에게서 들은 이야기이거나 읽은 것, 혹은 본 것이다. 누구도 자신의 기억을 스스로 창조해 낼 수는 없다.

보르헤스의 말대로 문학의 첫 시작은 이야기, 즉 태초의 인간들이 자연 속에 살며 이를 토대로 자신들의 이야기를 지어내고 후손에게 전해 준 행위다. 그다음은 모두 알다시피 글자와 그것을 기록할 수 있는 종이의 탄생이 있었고 거기에 실리게 된 이야기는 폭발적인 힘을 가지게 되었다. 처음 들었던 이야기는 조금씩 각색되고 살이 붙었으며 전 세계를 떠돌아다니는 사이에 거대한 존재로 커졌다. 어떤 이야기들은 괴물 같은 힘으로 사람들을 지배하기도 했다. 말들은 돌아다니며 땅 위를 구르는 눈처럼 부풀어 올라 마침내 신화가 된다. 우리는 그 신화 위에 살고 있다.

문학의 끝이 온다면 그 역시 신화일 것이라는 보르헤스의 해석은 놀랍다. 그것을 증명이라도 하듯 『칼잡이들의 이야기』는 많은 사람에게 전해 들었던 이야기를 모아 엮었다. 나는 이러한 사유의 깊이가 보르헤스의 다른 작품 『알렙』이나 『픽션들』보다 한참 앞서 있다고 믿는다.

서점은 이야기가 충만하게 쌓인 곳이다. 신화가 된 이야기도 있고 조금씩 신화에 가까워지는 이야기도 있다. 그런가 하면 100년 후에 신화가 될 수 있는 이야기도 여기에 있다. 서점에 오는 사람들은 사실 이야기를 즐기는 한량들이 아니다. 신화로 이루어진 세상을 이해하고 그 안에서 또 다른 신화를 찾아다니는 현자들이다. 아무도 알아차리지 못하도록 평범하게 차려입은 도시의 구루들은 서점에서 서점을 오가며 사람들에게 신화를 전한다. 예언자가 되어 문학의 끝을 대비하라며 책들 사이를 오가며 조용히 읊조린다.

일전에 동네 서점의 맨 위 선반에
먼지가 쌓여 처박혀 있는 어느 독일
약리학자가 쓴 묵직한 책 한 권을
발견했다. 가격은 비싸지 않았다.
나는 값을 치르고 그 가망 없어
보이는 보물을 집으로 가지고 왔다.
그 책은 두꺼웠고, 주제는 빡빡해
어떤 의미에서는 문학적 형식의
책이 취해서는 안 될 본보기였다.
엄밀히 얘기하자면, 읽는 재미는
없는 책이었다. 그럼에도 불구하고
나는 열정과 솟구치는 흥미를 갖고
앞장부터 끝장까지 읽어 내려갔다.

올더스 헉슬리, 『모크샤』 18쪽, 싸이북스, 2006.

묵직한 책을 향한 이상한 열정은 손님과 서점 주인 모두에게 경쟁심을 불러일으킨다. 묵직한 책을 볼 때면 그것을 써 내려간 작가가 자연스레 떠오르기 때문이다. 읽기에도 버거운 이 책을 어떻게 썼을까? 또한 글을 쓸 때 이것을 편집할 출판사 직원이나 독자를 한 번이라도 생각하며 쓴 것일까? 그럴 리 없다. 작가라는 사람들은 이기적인 면이 있다. 그들은 아무도 신경 쓰지 않고 누구와도 타협하지 않는 부류다. 모든 인간 중에서 가장 이기적으로 진화한 종이다.

그러니 우리는 주로 작가를 책으로만 만난다. 『모크샤』를 쓴 작가도 마찬가지로 아주 이기적이어서 독자와 만나는 것을 좋아하지 않을 것이다. 이 묵직한 책을 살펴보자. 물어볼 것도 없다. 작가는 인간을 꺼리는 것을 넘어서서 혐오하는 사람임이 틀림없다.

그런데 어떤 독자는 두꺼운 책을 보면 뭔가 커다란 산을 앞에 둔 것 마냥 열정이 솟구친다. 저 책을 정복하겠다는 의지를 향한 쓸데없는 열정! 이것이 독자와 작가를 피 말리는 싸움터로 이끄는 원동력이다. 책방 주인은 말없이 미소 지으며 이 모습을 은근히 즐긴다. 줄다리기를 하는 중간에 서서 호루라기를 입에 물고 있는 심판처럼 팽팽해진 양쪽 모두를 향해 마음에도 없는 응원을 보낸다. 묵직한 책은 보통 이런 식으로 쓰이고 소비된다. 그 중간에서 책방지기는 돈을 번다. 묵직한 책은 비싸서 제법 돈이 된다.

그는 물건들을 다시 한번
닦아내고, 또 말 그대로
녹초가 될 때까지 핥고 또
핥아서 책에 붙은 스티커를
완전히 벗겨내고 평범한
책처럼 보이게 만들곤 했다.
심지어 그는 책 안쪽에다가
연필로 가격을 적어 넣어서
마치 헌책방에서 기껏해야
5센트에서 1달러 정도에
구입한 싸구려처럼 보이게
해 놓았다.

니콜라스 A. 바스베인스, 『젠틀 매드니스』 1111쪽, 뜨인돌, 2006.

진짜 도둑은 도둑처럼 보이지 않는다. 그보다 먼저, 도대체 책이라는 것을 왜 훔치는지 그 이유를 잘 모르겠다. 절판된 책 같은 경우 인터넷에 올려서 팔면 정가보다 비싼 가격을 받을 수 있지만 굉장한 가치가 있는 고서가 아닌 다음에야 큰돈을 벌 수 있는 것도 아닌데 왜 그런 짓을 하는 걸까?

미국 역사상 가장 잘 알려진 책도둑 스티븐 블룸버그는 꽤 치밀하고 전문적인 방법으로 미국 전역을 돌며 도서관에서 희귀본을 훔쳤다. 대학교수의 신분증을 위조해서 대담한 방법으로 비밀창고까지 들어갔다. 엄청나게 많은 책을 훔쳤고 블룸버그가 책을 훔치지 않은 도서관은 희귀본이 별로 없는 도서관이라는 불명예마저 얻었을 정도라니 정말 대단한 도둑이다. 블룸버그는 결국 경찰에 붙잡혀서 법정에 섰는데, 왜 그 많은 책을 훔쳤는지에 대해서는 결국 이유를 밝히지 않았다. 변호사는 블룸버그의 정신이상을 이유로 선처를 부탁했지만 딱히 미친 사람은 아닌 걸로 판명됐다.

블룸버그는 비싼 책을 훔쳐서 그 뒤에 저렴한 가격을 써넣는 방법으로 그 책을 헌책방에서 싸게 구한 책인 것처럼 위장했다고 한다. 그런데 우리 헌책방에서 책을 훔친 것으로 의심되는 사람을 현장에서 붙잡아 이유를 캐물으면 희한하게도 블룸버그의 변명과는 반대다. 이 헌책방에 있던 책이 아니라 다른 책방에서 비싸게 구입한 책이라고 주장하는 것이다. 그것도 이 헌책방에는 자기 책만큼 값어치 있는 책이 없다는 듯 비꼬면서.

하지만 나라고 당하고만 있을쏘냐? 우리 책방의 모든 책에는 나만 알 수 있는 비밀 표시를 해 두었다. 그걸 확인해 보면 훔친 책인지 곧바로 알 수 있다. 그 표시가 뭐냐고 묻는다면? 그건 비밀이다. 아무에게도 알려주지 않았다. 앞으로도 그럴 거다.

작가는 글을 써서 공동체의
이익에 봉사하려고 결심했다
하더라도, 여전히 소비자이며
생산자는 아니다.

장 폴 사르트르, 『문학이란 무엇인가』 114쪽, 민음사, 1998.

서점에서 일하며 아무도 몰래 연구해 온 것이 있다. 서점의 단골, 책을 많이 사는 사람들은 어떤 사람들일까? 이들의 정체를 밝혀 어떤 식으로든 통계를 내 보려는 게 목적이었다. 어떤 부류의 사람들일까? 지식인일까? 돈 많은 한량일까? 수집가일까? 서점을 연 지 10년이 넘었으니 '연구'를 시작한 지도 10년이다. 그동안 수많은 손님을 만나고 대화하며, 꾸준히 책을 많이 사는 사람들의 정체를 어느 정도 파악했다. 놀랍게도 그들은 작가였다.

물론 모든 작가가 책을 자주, 많이 사는 것은 아니며, 이때 '작가'는 현업 작가보다 좀 더 넓은 범위로, 다양한 사람들을 포함한다. 그러니까 지금 활동하는 작가들은 정말 책을 많이 산다. 그리고 그만큼 되팔기도 한다. 작가가 되고 싶어 하는 사람도 많이 산다. 그들은 작가들이 내다 판 책을 사 가서 다시 그 책을 팔러 온다. 한때 작가였던 사람들도 많이 산다. 그들은 작가이거나 작가가 되려고 하는 사람이 내다 판 책을 헌책방에서 구해 읽다가 다시 그 책을 팔러 온다. 구독자 수가 적은 잡지나 알아보는 이 없는 지역신문을 통해 등단(?)했다는 사람들도 책을 많이 산다. 이런 사람들은 꽤 많이 산다. 그리고 꽤 자주 팔러 온다. 자기 작품이 실린 잡지를 몇십 부씩 구입하는 게 의무 조항인 잡지를 통해 등단한 시인도 책을 많이 산다. 그는 자기 이름 옆에 '시인'이라고 쓴 명함을 갖고 다닌다.

그러니까 책을 사는 사람들은 대부분 책을 내기 위해 무언가를 쓰는 사람들이다. 책을 팔러 오는 사람도 대개는 책을 내고자 하는 사람들이다. 서점 주인의 입장에서, 우리나라에 작가들이 더 많아지기를 응원하는 마음이 바로 여기에 있다. 사르트르라면 이런 내 생각이 너무 자본주의적이라며 큰소리로 비판할 것이다. 하지만, 장담하건대 그도 책을 많이 샀을 것이다.

레너드가 고개를 돌려 나를
쳐다보았다.

"내 잡지에 실릴 글을 좀
제공할 생각 없어요? 당신은
작가 같은데. 서점에서
일하는 사람들은 몰래 글을
쓴다던데 말입니다. 혹시
이미 유명한 작가 아닙니까?"
나는 고개를 가로저었다.

"이전에 무슨 일을 했는지
말해 봐요. 당신이 영문학을
전공했다는 데 내기를 해도
좋소."

"난 자동차 정비소에서
일했어요."

매트 코헨, 『헌책방』 104쪽, 삼문, 1997.

글 쓰는 작가이자 책을 파는 서점 주인으로 살면서 꽤 여러 매체와 인터뷰를 했는데, 유독 나의 전공을 의아해하며 '컴퓨터공학을 전공하신 분이 어떻게 서점을?' 하고 질문하는 인터뷰어가 많았다. 그때마다 나는 이공계 전공자라고 해서 책을 싫어하는 것은 아니라는 사실을 이해시키기 위해 적지 않은 시간을 허비했다. 학창 시절 문과였던 사람이 이과였던 사람보다 책을 좋아할 것이라는 편견과 유언비어는 대관절 어디서 시작됐을까? 완전히 근거 없는 이야기다. 차라리 엘비스가 살아 있다고 하는 게 더 그럴듯한 거짓말이다.

어쩌면 나는 이과 출신이었기에 책을 더 좋아하게 된 건지도 모르겠다. 이공계 전공자들은 대학에서 주로 기계의 움직임이나 자연과학에 대해 배운다. 자연과학은 잠시 미뤄 두고 기계에 대해서만 이야기하자면, 수업 시간에 다루고 배우는 것은 실상 기계가 아니라 텍스트다. 컴퓨터 공학을 공부한다는 것은 컴퓨터 등의 기계를 운용할 수 있는 매뉴얼 따위를 읽고 또 읽어야 하는 고통스러운 일이다. 기계를 설계하는 데 쓰이는 '프로그램' 역시 문자의 조합인 텍스트다. 그런데 이런 텍스트에는 줄거리나 감정 따위가 없다. 온통 수식과 상징적인 함수뿐이다. 이 텍스트들의 공격을 견뎌 낼 수 없다면 이과에서 살아남기 힘들다. 그래서인지 보통 이과를 선택하는 학생들의 습성을 보면 문자 자체에 거부감이 없고 활자중독이라고 해도 좋을 만큼 어떤 책이든 읽고 본다.

그러니 기자들이여, 더 이상 나를 찾아와서 대학에서 뭘 전공했냐고 묻지 말길 바란다. 내 전공은 컴퓨터공학이다. 그리고 지금 서점에서 일한다.

헌책방에서 일하던 때
주로 느낀 것은
정말 책을 좋아하는 사람은
드물다는 점이었다.

조지 오웰, 『나는 왜 쓰는가』 43쪽, 한겨레출판, 2010.

나는 조지 오웰이 한 말이라면 거의 수긍하는 편이다. 왜냐하면 그는 헌책방에서 일했고 작가이기 때문이다. 급이 조금 다르기는 하지만 나도 헌책방에서 일하면서 책을 쓰고 있다. 누가 나에게 "당신은 왜 씁니까?" 라고 묻는다면 이렇게 답할 것이다. "좋은 질문이에요! 그 이유를 다음 번 책에 쓰도록 하겠습니다." 하지만 그런 책은 쓸 수 없을 것 같다. 공교롭게도 조지 오웰이 거의 나와 같은 이유를 들어 먼저 썼기 때문이다.

오웰은 정말 책을 좋아하는 사람은 드물다고 했다. 같은 말을 또 할 수는 없으니 나는 반대로 책을 정말 좋아하는 사람이 어떤 모습인지 이야기해 보겠다. 그들에게는 딱 한 가지 공통점이 있다. 말수가 적다는 것이다. 하지만 한 번 말문이 터지면 걷잡을 수 없이 시끄럽다. 했던 말을 또 하고 비슷한 말을 또 하고…….

여기서 의문이 생긴다. 그렇게 말 많은 사람이 평소에는 왜 과묵할까? 이유는 간단하다. 자신조차 감당할 수 없을 만큼 말을 많이 해야 하는 순간을 위해 에너지를 쌓아 두는 것이다. 아주 교묘한 사람들이다. 이런 사실을 어떻게 알게 되었냐고? 어렵지 않다. 나는 헌책방에서 일하면서 책을 쓰는 작가여서 사람을 잘 관찰하기 때문이다.

"작가라고요? 글을 왜 씁니까?"라고 누가 나에게 묻는다면 이렇게 답할 것이다. "좋은 질문이에요! 그 이유를 다음 번 책에 쓰도록 하겠습니다." 하지만 그런 책은 쓸 수 없을 것 같다. 공교롭게도 조지 오웰이 나와 비슷한 이유로 먼저 썼기 때문이다. 오웰은 정말 책을 좋아하는 사람은 드물다고 했다. 같은 말을 또 할 수는 없으니…….

그의 말이 맞다. 정말 책을 좋아하는 사람은 드물다. 그리고 그런 사람들은 과묵한 듯 보이지만 알고 보면 정말 말이 많다. 몇 번이고 했던 말을 반복한다.

어떤 한 대상에 시각을
더 고정시킬수록 나머지는
훨씬 더 어둡고 희미하게
나타날 것이다.

조지 버클리, 『새로운 시각 이론에 관한 시론』 128쪽, 아카넷, 2009.

한 중학생이 서점으로 나를 찾아왔다. 내게 무언가 상담할 것이 있다는 거다. 그는 자신이 세상을 너무 부정적으로 보는 것 같은데 그게 잘못인지 물었다. 또한 자신은 앞으로 세상에 훌륭한 일을 하여 어떤 큰 족적을 남기고 싶다는 꿈이 있는데 부정적인 성격이 방해가 될 것 같아서 불안하다고 했다.

나는 이 세상에 큰 족적을 남긴 훌륭한 인물은 예술가, 철학가, 발명가, 정치가, 누구라도 할 것 없이 세상을 부정적으로 바라본 사람들이라고 대답했다. 만약 그들이 자신이 살고 있는 세상을 긍정적으로 봤다면 결코 어떤 것도 이뤄 내지 못했을 것이라고 덧붙였다. 세상에 대한 불편한 생각을 가지고 있었기에 바꾸고 싶은 욕망도 있는 것이라고 말이다.

1700년대에 살았던 조지 버클리는 '본다는 것'의 의미에 불만을 품고 있었다. 사람들은 무언가 사물이 눈에 보이면 그냥 본다는 것으로 이해했고 더 이상은 생각할 필요를 느끼지 않았다. 하지만 그는 더 정확하고 확고한 이론으로 우리가 '시선'이라고 부르는 행위를 설명하고 싶었다. 만약 그런 그의 불만이 없었다면 이 책도 없었을 것이다. 그리고 훗날 이 책에 영향을 받은 다른 철학자나 자연과학 이론도 없었을지 모른다. 불만을 가지고 있다는 것은 세상을 한쪽 면만으로 보지 않는다는 걸 뜻한다.

중학생이 세상을 불만 가득한 시선으로 본다는 것! 어른들이 보기에는 좀 탐탁지 않을지도 모르겠다. 하지만 그런 불만이 나중에 어떤 큰일을 이루게 될지, 그것 역시 모르는 일이다.

나는 불만 섞인 자세로 세상을 보는 게 나쁜 것은 아니라고 말했다. 다만, 불만을 불만 그대로 내버려 두면 그건 정말 나쁜 것이라고 덧붙였다. 불만을 느낀다면 그것을 어떻게든 해결해 보려는 노력이 있어야 하는 데 그것이야말로 진정한 공부라고.

책이란 옆집에 숨겨 놓은
장전된 권총이야.

레이 브래드버리, 『화씨 451』 99쪽, 황금가지, 2009.

많이 알려진 대로 '화씨 451'은 책이 불타는 온도를 상징한다. 이젠 SF소설의 고전으로 인정받고 있는 『화씨 451』에서 주인공은 사회의 안녕과 평화를 해치는 해로운 물건인 책을 찾아 불태워 버리는 일을 직업으로 삼고 있다. 책은 사람을 생각하게 만들고 생각은 몰래 숨겨 놓은 권총처럼 세상을 위협하고 해를 끼친다는 것이 이 세계의 기본 원리다.

그런데 지금은 책이 문제가 아니다. 서점을 불태우려고 돌아다니는 사람들이 많다. 실제로 방화 사건을 일으킨다는 게 아니라 고약한 '서점 훼방꾼'들이 있다는 얘기다. 그들은 서점 주인 마음에 불을 지르고는 유유히 뒤돌아 나가 버린다. 그러니 서점 일꾼은 불에 휩싸여 화병이 생길 지경이다.

브래드버리가 겪은 것과 크게 다르지 않은 일을 서점에서도 종종 겪는다. 일단 이런 훼방꾼들의 특징은 책을 전혀 사지 않는다는 것이다. 사회과학 서가를 손가락으로 가리키며 '빨갱이 책'을 팔고 있으니 경찰에 신고한다며 겁박하는 손님도 있다. '이봐요, 요즘 마르크스 책은 대형 서점에서도 판다고요. 당신 혹시 1970년대에서 현재로 타임슬립한 사람이오?'

책을 훔치거나 망가뜨려 놓고 아무 소리도 않고 사라지는 사람에 대해서는 더 말해 무엇하랴? 그들은 서점의 테러리스트다. 심지어 사진집이나 도록 같은 경우 제게 필요한 본문 일부를 찢어 가는 사람도 있다. 표지를 일부러 살짝 찢어 놓고선 훼손된 책이니 싸게 달라고 흥정을 걸어오기도 한다.

이런 사람들을 일일이 열거하려니 떠올리는 것 자체로 이미 정신이 힘들 지경이다. 책은 사람을 생각하게 만드는 물건이다. 생각 없이 행동하는 사람들 때문에 서점 일꾼이 화병에 걸리시 않았으면 좋겠다. 우선은 나를 포함해서, 모든 선량한 서점 일꾼들이여, 뜨거운 불길의 위협 앞에서 힘껏 버팁시다!

책방은 그저 책이 있는
곳일 뿐. 당신이 읽고 싶거나
또는 그렇지 않은 책이 있는
곳일 뿐. 기대 이상의 책이
있을 수도 없을 수도 있는
그렇고 그런 공간이다.

황부농, 『굶어 죽지 않으면 다행인』 52쪽, 알마, 2018.

그렇고 그런 공간.

　이 글을 쓰고 있는 지금 이 순간까지 굶어 죽지 않고 책방 일을 하고 있는 황부농 씨가 쓴 이 문장을 보고 나는 '이 말처럼 서점을 적절하게 표현한 문장이 있을까? 이보다 더 적합한 문장을 찾기란 쉽지 않겠다' 하고 생각했다. '그렇고 그렇다'는 관용구에는 두 가지 의미가 있다. (1)대수롭거나 특별하지 않다, (2)관계가 특별하다.

　책이 있는 공간은 아무것도 아닌 공간이면서 동시에 모든 것이다. 무슨 소리인가 하면 책은 우리에게 기억을 되살려 주는 독특한 매개이고 서점은 그런 책을 갖추고 있는 공간이기에, 실은 책밖에 없지만 모든 것을 갖춘 장소라는 얘기다. 기억은 모든 것을 갖고 있다. 모든 사물과 그것에 얽힌 일들을. 우리는 그것으로 살아가는 존재다.

　언젠가 비 오는 날 G는 나와 함께 황부농이 일하는 서점에 들렀다. 거기서 그는 내게 이렇게 말했다. "이 방에서 가장 중요한 기억들뿐 아니라 가장 쉽게 달아나는 기억들, 가장 하찮은 기억들이 되살아 나오고, 되돌아오고, 다시 활기를 띱니다." 우리는 거기서 나와 홍대입구 전철역까지 한참을 걸으면서 기억에 대한 이야기를 나눴다. 그 어떤 공간도 살아 있는 기억을 잡아 두지는 못한다. 하지만 서점은 "그렇고 그런 공간"이기에 우리는 그 작은 방 안에서 기억이라는 실체 없는 보물을 만져 볼 수 있었다. G는 이후로도 한참 동안 그것에 감사하다는 말을 하곤 했다.

☞ 다음 페이지에서 '책이 있는 공간'에 관한 이야기가 계속 이어집니다.

그 방은 책들로 가득 채워져 있었다.
그것이, 책들이 정말로 많다는
것이, 내가 그 방으로 들어섰을 때
맨 처음으로 알아차린 것이었다.
네 벽 중 세 벽이 바닥에서부터
천장까지 책꽂이들로 둘러 있고
책꽂이 하나하나마다 한치의 빈틈도
없이 책들이 빽빽하게 꽂혀 있었다.
그리고 의자들이며 테이블, 양탄자,
책상 등에도 책들이 무더기무더기
쌓여 있었다.

폴 오스터, 『환상의 책』 309쪽, 열린책들, 2006.

사방이 책으로 둘러싸인 공간. 이런 곳을 생각하고 있으면 숨이 막힌다. 왜냐하면 거기엔 책들뿐만 아니라 수많은 기억이 함께 들어찬 곳이기 때문이다. 나의 기억만 있는 게 아니라 책과 책의 기억, 책 속에 있는 종이와 활자들의 기억, 작가의 기억, 출판사의 기억, 평론가의 기억 그리고 그런 책을 예전에 소유했던 누군가의 기억, 그 사람과 연결된 다른 사람의 기억까지. 온통 기억의 무더기다.

어느 날 갑자기 사라져 버린 인물을 추적하는 게 줄거리의 전부인 소설 『환상의 책』은 마지막에 그 사람이 오랫동안 머물렀던 어떤 공간을 길게 설명한다. 거기엔 책이 가득 차 있으며 그 외엔 아무것도 없는 것처럼 보인다. 하지만 폴 오스터가 여기서 독자들에게 보여 주고 싶었던 것은 분명히 그의 기억들이었을 것이다. 켜켜이 쌓인 기억과 그 기억들 위에 쌓인 또 다른 기억들. 그는 결국 지층처럼 쌓인 기억 사이로 숨어 버렸다. 아무도 찾을 수 없는 기억 사이로 들어가서 영영 나오지 않았다.

서점은 사람들이 숨어 있기 좋은 거대한 방이다. 누구든 그 안에 숨어서 눈에 띄지 않게, 원한다면 거의 평생 거기 가만히 있을 수도 있다. K는 바로 자신이 그런 사람이었다고 고백한 적이 있다. 영원히 책 속에 숨었기 때문에 사람들은 그를 찾기 위해서 하염없이 책을 읽어야 했다. 그는 지금 우리 서점의 단골이다. 매일이라고는 할 수 없지만 자주 온다. 오면 그는 책 속에 숨는다. 다른 누군가가 서점에 와서 그를 찾아내기까지 그는 오래 숨어 지낸다.

인간은 누구나 창의력을
가지고 있다. 그런데
그 창의력이라는 것은
모든 것을 손에 쥐고
있을 때 발휘되지 않는다.

사카구치 쿄헤이, 『비밀기지 만들기』 225쪽, 프로파간다, 2014.

내가 평소에 프랑스 누보로망* 작가들 책을 좋아하는 이유가 바로 여기에 있다. 그들 작품에서는 창의력이라는 게 보인다. 이건 아주 중요하다. 무엇이든 창의적이지 않은 책은 지루하고 보기 싫다.

나는 서점에서 일할 때 누보로망 작가들의 집필 방식에서 영감을 자주 얻는다. 이 서점이 한 편의 거대한 소설이라고 믿기 때문이다. 주인공이 수시로 바뀌는 흥미로운 소설이다. 내가 주인공인 꼭지도 있고 이름 모르는 어떤 손님이 주인공인 꼭지도 있다. 때론 책이 주인공이 되기도 한다. 그런가 하면 온종일 아무 일도 일어나지 않는 꼭지도 있어서 그때는 책장 사이를 떠다니는 햇살에 반짝거리는 먼지 몇 개가 이야기를 이어간다.

최근엔 『비밀기지 만들기』라는 책을 재미있게 보았다. 말 그대로 어릴 적 우리가 했던 자신만의 비밀기지 만드는 법에 관해 설명하는 책이다. 장난스럽게 붙인 제목인 줄 알았는데 진짜 그런 내용의 책이다. 그리고 일본엔 비밀기지를 만드는 협회까지 존재한다니 정말 짜릿한 느낌이 들 정도다. 하긴 어떤 사람들은 우리 서점에 와서도 그런 감정을 느낀다고 말한다. 짜릿한 감정. 이 세상의 서점이 아닌 것 같은 이상한 느낌. 그렇다면 나는 성공이다. 서점 이름을 '이상한나라의헌책방'이라고 지은 데는 그만한 이유가 있다.

---

* nouveau roman. 앙티로망(anti-roman)이라고도 한다. 전통적인 소설의 형식이나 관습을 부정하고 새로운 수법을 시도한 소설 형식으로 1950년대에 프랑스에서 시작되었다. 특별한 줄거리나 뚜렷한 인물이 없고 사상의 통일성이 없으며, 시점이 자유롭다.

우리는 때때로 어떤 과정
중에 있는 한 시점을 '완료'나
'완성'이라고 자의적으로
지정한다. 하지만 무언가의
운명이 마침내 결실을 맺는
것은 언제인가? 초목은 언제
완성되는가? 꽃이 필 때인가?
씨앗을 맺을 때인가?
씨앗에서 싹이 틀 때인가?
만물이 흙으로 돌아갈
때인가? 와비사비에는
완성이라는 개념의 근거가
존재하지 않는다.

레너드 코렌, 『와비사비』 62쪽, 안그라픽스, 2019.

지금에 와서 내가 꾸린 이 책방을 새로운 서점이라 말하는 사람은 별로 없지만 10년 전에는 이 공간이 꽤 생소했던지 9시 뉴스에 단독으로 보도된 일도 있었다. 많은 매체에서 책방을 찾아와 나를 인터뷰했고, 그들은 종종 이곳을 "완성됐다"고 표현했다. 새로운 형태의 서점을 비로소 완성했다는 의미였다. 그러나 나는 늘 기자들에게 제발 그런 식으로 기사를 쓰지 말아 달라 당부했다. 서점은 영원히 완성될 수 없는 공간이기 때문이다.

내 친구 박정훈은 미국 사람 레너드 코렌이 쓴 『와비사비』를 우리말로 번역했는데 거기에 일본의 미의식인 와비사비에 대한 멋진 해석이 나온다(왼쪽에 인용한 것처럼). 자연과학에 기대어 발전해 온 서양인의 눈에 와비사비는 신비로운 삶의 태도일 것이다. '완료'나 '완성'이 없다는 것은 생각하기 힘든 것이고 서양철학은 이것을 배제하는 식으로 발전했다. "말할 수 없는 것에 대해서는 침묵해야 한다"는 비트겐슈타인의 주장을 이런 곳에도 갖다 붙일 수 있다면 그 말이 썩 잘 어울린다.

레너드 코렌이 그렇게 해석했듯이 모든 살아 움직이는 것에 완성이란 있을 수 없다. 서점도 살아 있다. 움직인다. 움직인다는 말은 이곳에서 저곳으로의 이동만을 의미하지 않는다. 그 안에서 사람이 움직이고 생각이 움직인다. 서점은 사람과 생각의 물결을 끊임없이 움직이도록 자꾸만 어디로든 나아간다. 내가 일하는 이곳도 완성되지 않은 그림처럼 계속 덧칠해 나가고 있다. 그러니까 새로운 서점도 없고 늙은 서점도 없다. 다만 모든 서점은 제 갈 길을 가는 중이다.

당신은 고독을 향해
직진하지. 난 아니야,
내겐 책들이 있어.

마르그리트 뒤라스, 『이게 다예요』 16쪽, 문학동네, 1996.

『연인』의 작가 마르그리트 뒤라스는 만년에 자신의 연인에게 쓴 일기 형식의 에세이집을 발표했다. 자신의 남은 삶이 심지만 간신히 남은 촛불처럼 이제 곧 사그라질 것을 예감하면서 말이다. 제목은 『이게 다예요』라는 담담하고 짧은 문장이다. 뒤라스의 작품을 읽어 보면 전체가 거대한 고독에 관한 에세이라고 할 수 있을 만큼 안개 같은 느낌이다. 고독에 대한 긴 각주, 고독에 대한 긴 머리말, 고독에게 남긴 유서. 마지막에 다시 이 고독에 대한 짧은 의견을 덧붙이며 인생의 의미를 정리한다.

고독을 향한 직진. 고독은 외로움과 다르다. 외로움은 움직일 수 없이 안으로 파고드는 반면에 고독은 폭주 열차처럼 자꾸만 앞을 향해 나아간다. 어떨 땐 자신조차 그 속도감을 따라잡지 못할 정도로, 고독은 빠르게 가슴을 뚫고 앞으로 지나간다. 고독함이 슬픔으로 연결되는 지점이 여기에 있다. 저 멀리 혼자 떠나가는 고독을 어쩌지 못하고 여기에 홀로 남겨진 내 모습을 볼 때, 그 장면은 슬프다. 출연진이 나 혼자인 연극에서 관객 역시 나뿐인 것과 같다.

그러니까 서점에는 고독한 사람들이 자주 온다. 도무지 따라잡지 못하는 고독을 그대로 버려 두고 서점으로 들어오는 사람들이 있다. 수많은 고독이 책장마다 가득 들어 있는 장소가 서점이고 각각의 고독이 누구 것인지 나는 알지 못한다. 사람들은 가끔 서점에 와서 자기를 스쳐 지나가 버린 고독과 우연히 만나기도 한다. 이 얼마나 황홀한 순간인지! 그들은 서로의 어깨를 부여잡고 진한 포옹을 나눈다. 함께 책을 읽고, 감상에 빠지고, 눈물을 흘리고, 서로에게 감사한다. 서점에서 일하며 이런 가슴 뭉클한 장면을 얼마나 많이 목격했는지 셀 수도 없다. 그런데 따지고 보면 내가 오래전에 이런 일을 겪었기 때문에 똑같은 방식으로 서점을 운영하고 있는 것 같다.

각각의 책들에는 단
한순간, 마치 불사조처럼
비명을 지르며 날아오르는
단 한순간, 모든 책장이
불타오르는 한순간이 있다.
그 한순간을 위하여, 비록
곧 재로 변할지라도, 우리는
책들을 그 후로도 영원토록
사랑하는 것이다.

브루노 슐츠, 『모래시계 요양원』 24쪽, 길, 2003.

책은 저마다 고유한 소리를 갖고 있다. 서점은 그렇게 태어난 책들을 모아 놓은 곳이다. 이 소리는 여간해서는 들을 수 없고, 책이 어떤 소리를 내는지 상상할 때 비로소 들려오기 시작한다. 상상하지 못하면 책의 이야기를 들을 수도, 책에 들어 있는 글자를 읽을 수도 없다. 상상하지 못하는 독자에게 책은 그저 두껍고 무거운 사물에 지나지 않는다.

책이 타오르는 순간이 있다. 읽은 사람이 뜨거운 열정을 갖게 되는 순간이 바로 그때다. 어떤 사람은 단 한 권의 책이 타올라 자기 속으로 불새처럼 뛰어드는 경험을 한다. 뜨겁지만 견딜 만하고 그 열기로 주변을 따뜻한 온기로 채울 수 있다. 모든 책이, 책장 전체가 불타오르면 그건 혼자 감당하기 어렵다. 하지만 불꽃이 아름다워서, 책이 타오르며 내지르는 소리가 너무도 황홀해서, 그것을 오직 혼자만 오래도록 만끽하고 싶은 욕망에 사로잡힌다. 만약 그 열기와 책들의 아우성을 혼자 가지려 한다면 그는 책과 함께 불타 버릴 것이다. 타 버린 책들은 넘어지고 쌓여 무덤이 된다. 책을 많이 읽었다고 하는 사람 중에는 이렇듯 책 무덤 안에서 질식해 죽어 버린 이들이 있다. 그들은 거리를 돌아다니고 학교 강단에 서기도 한다. 청탁을 받아 신문이나 잡지에 글을 쓰기도 하지만 그들이 하는 모든 행위엔 온기와 소리가 없다. 이미 그날, 수많은 책과 함께 죽었기 때문이다.

어느 서점에 문득 들어갔을 때, 난로를 피워 놓은 것도 아닌데 무척 따뜻한 기운을 느낀 때가 있을 것이다. 바로 그때 우리는 책장에 가까이 다가가서 책들이 어떤 소리를 내고 싶어 하는지 들을 수 있다. 일부러 귀 기울일 필요는 없다. 상상할 수만 있다면 책이 부르는 소리가 저절로 들릴 테니까.

도리언 그레이는 그 책
한 권에 중독되었다.

오스카 와일드, 『도리언 그레이의 초상』 248쪽,
펭귄클래식코리아, 2010.

076

도리언 그레이. 그는 서양판 삼천갑자 동방삭이며 무병장수, 불로장생의 표본이다.

초상화와 영혼을 거래한 이 남자는 남아도는 시간과 젊음의 열정을 가지고 처음엔 되는대로 별별 짓을 다 하면서 멋대로 산다. 그러나 이것이 별 의미가 없다고 느낀 이후 세상 최고의 아름다움을 찾아 경험해 보기로 한다. 당연한 얘기지만 시간은 얼마나 걸려도 상관없다. 정말 부러운 삶이다.

그런데 이 아름다움 찾기 프로젝트의 시작은 헨리 경이 보낸 노란색 표지의 책으로부터 시작됐다. 그 책은 파리에 살았던 한 젊은 청년이 했던, 역사를 초월해 세상의 모든 것을 자기 안에 집약시키려는 이상한 시도에 대한 심리 연구이다. 도리언 그레이는 그 책 한 권에 중독되어 바로 자신이 책 속에 있는 청년이 추구하지 못한 목표에 닿고자 한다.

결론은 각자의 상상에 맡기겠다. 스포일러가 되기는 싫으니까. 어쨌든 책은 그만큼 중독성 있는 물건임은 분명하다. 비단 소설 속 이야기에 기대어 하는 말이 아니다. 세상엔 책에 중독되어 책처럼 사는 사람, 책이 가리키는 방향으로만 걷는 사람, 책 속에 빠져 허우적거리는 사람 들이 있다. 그리고 자기 자신이 책처럼 되어 버린 이상한 사람도 있다. 책은 이렇게 위험한 물건이므로 인류는 오래전부터 이것들을 함부로 돌아다니지 못하도록 도서관이나 서점에 모아 뒀다.

그중에서 서점이 가장 위험한데, 이곳을 방문하는 사람들은 늘 조심해야 한다. 중독되면 약도 없을뿐더러 가산을 탕진하고 평생 책을 이고 사는 형벌을 받을 수도 있기 때문이다.

나는 가끔 이를테면 센 강변 거리의 작은 가게들
앞을 지나간다. 골동품 가게나 헌책방, 동판화
가게마다 쇼윈도엔 물건들이 가득하다. 그 가게들
안으로 들어가는 사람은 하나도 없다. 문을 열지
않은 것 같다. 하지만 가게 안을 들여다보면
사람들이 앉아 있다. 그들은 앉아서 뭔가 읽고
있다. 천하태평으로, 내일을 걱정하지도 않고,
성공해 보겠다고 조급해하지도 않는다. 그들
앞에는 개가 한 마리 태연스러운 표정으로 앉아
있거나 아니면 고양이가 한 마리 앉아 있다.
고양이는 책등에 있는 이름들을 지우기라도
하려는 듯 늘어선 책들을 스쳐 지나가면서 적막을
더욱 크게 만든다. 아, 저거라도 있었으면. 가끔
나는 저렇게 가게 하나를 사서 쇼윈도를 물건으로
가득 채워놓고 개 한 마리와 함께 거기 앉아
한 이십 년쯤 보내고 싶은 소망을 품곤 한다.

라이너 마리아 릴케, 『말테의 수기』 46쪽, 펭귄클래식코리아, 2010.

나는 센 강변에는 감히 가 보지를 못 했지만 도쿄의 고서점 거리 진보초와 간다에는 자주 가 봤다. 릴케가 살았던 시절, 아니 말테의 눈으로 거리를 감상하던 그때의 센 강변 풍경은 내가 진보초 고서점 거리를 보면서 느꼈던 감정과 많이 다르지 않은 것 같다.

처음으로 진보초에 갔을 때, 나는 감격에 겨워 하염없이 그 거리를 걷고 또 걸었다. 언젠가는 아예 진보초 전철역 바로 앞에 있는 게스트하우스에 2주 동안 묵으면서 밥 먹고 자는 시간만 빼고 거리를 누비고 다녔다. 가게가 워낙 많다 보니 어느 한 곳을 정해서 들어가는 것도 걱정스러웠다. 어떤 곳이라도 들어가면 몇 시간은 족히 그 안에 사로잡혀 있을 것 같았기 때문이다. 그러면 다른 곳에 들어갈 시간이 줄어든다. 그렇다고 이대로 아무 곳도 들어가지 않고 걷기만 할 수는 없다. 그러나······! 어디에도 들어갈 용기가 나지 않았다. 그저 밖에서 쇼윈도만 구경할 뿐. 분명 저 쇼윈도 안의 고서들은 서점 직원이 매일 청소하고 부드러운 천으로 닦을 것이다. 밖에서 보았을 뿐이지만 유리 장식장 안에는 먼지 하나 보이지 않는다. 100년도 넘은 책이 흔하게 진열된 곳이지만 그 모습은 마치 100년 후, 미래 세계를 보는 것처럼 나를 흥분시켰다.

나에게 개나 고양이는 필요 없다. 그리고 20년은 너무 짧고, 오래된 책과 함께 200년 정도는 누리고 싶다. 그렇다고 하더라도 책보다 내가 먼저 세상을 뜨겠지만. 소망을 품는다. 이루어질 수 없는 꿈같은 소망을. 그러다가 어느 밤에, 나는 내가 책이 되는 꿈을 꾸곤 한다.

어느 날 동경의 헌책방에서
미국 사진작가 스타이켄
편집의 사진집 『인간 가족』을
우연히 발견했을 때부터
사진에 관심을 갖게 되었다.
그때부터 그림은 멀리하고
생활 주변에서 삶의 진실성과
인간 본연의 모습을 촬영하기
시작했다.

최민식, 『종이거울 속의 슬픈 얼굴』 20쪽, 한양출판, 1996.

우리가 살면서 겪는 많은 일은 우연히 일어난다. 이것은 의심의 여지가 없다. 이 책에서도 여러 번 말하고 있듯이 우연은 필연적으로 일어날 일을 위한 과정이다.

그중에서도 우연히 어떤 책을 발견하거나 서점에 발을 들여 놓게 되는 순간만큼 특별한 것이 또 있을까? 그 일은 앞을 향해 가던 사람을 뒤돌아보게 하고 애써 왔던 길을 지워 버리기도 한다. 모든 흔적을 씻은 듯 지운 다음 책은 새로운 그림을 그린다. 그것이 결국 어떻게 끝날지는 당사자조차 알 길이 없다. 다만 아주 미세한 감각을 통해 작은 예감을 받아들일 뿐이다. 책은 사람에게 처음엔 아주 작은 것만을 준다.

수백 년은 된 골동품 책상을 샀다가 서랍 아래 비밀스러운 공간에서 원고 뭉치를 발견한 키르케고르 책의 편집자에서 가난을 탓하며 일본으로 밀항했다가 헌책방에서 사진집 『인간 가족』을 발견한 최민식까지. 이 우연의 역사는 책 한 권을 다 할애하더라도 끝내 마치지 못할 이야기다.

나는 K가 들려준 여러 가지 우연에 대한 이야기를 알고 있다. 그것들은 이 책 곳곳에 숨겨 두었으므로 찾는 일은 독자 여러분에게 맡겨 두겠다. 하지만 억지로 애쓰지는 않아도 된다. 우연은 어떤 방법을 통해서라도 결국 당신을 찾아내기 때문이다.

늦은 오후에 특별한 목적지를
정하지 않고 나갔다가
서서 먹는 음식점에서 타이
수프를 먹고 밤늦게까지
문을 여는 프리드리히거리의
음반 상점에서 음악을 듣고
서점에서 책을 고르다가
집으로 돌아가는 길이었다.

배수아, 『에세이스트의 책상』 81쪽, 문학동네, 2003.

아무런 목적도 없이 돌아다닐 수 있다는 것은 얼마나 큰 즐거움 인지!

우리가 살고 있는 모든 공간은 목적을 가지고 있다. 식당에 선 밥을 먹고 카페에선 차를 마신다. 버스와 지하철은 어딘가로 이동한다는 목적이 있고 극장에선 영화를 본다는 목적이 있다. 목적에 따라 각각의 장소에서 우리는 그렇게 지내고 있다. 아무 목적 없이 시간을 보내거나 온종일 딱히 한 일이 없으면 우리는 불안하다. 현대인은 목적에 갇힌 수감자다.

그러나 아무런 목적이 없다는 것은 사실 가장 큰 목적을 가 진 것이기도 하다. 바로 '즐거움'이다. 아무런 목적이나 목표가 없을 때 우리는 진정한 즐거움을 맛볼 수 있다. 1등을 해야 한다 는 목표 없이 하는 공부, 높은 점수를 받겠다는 목표 없이 외우 는 영어 단어, 오디션에 합격해야 한다는 부담감 없이 연습하는 춤과 노래, 줄거리나 주인공 이름을 기억해야 한다는 강박 없이 책 읽기. 그리고 세상의 모든 목적 없는 기타 등등.

『에세이스트의 책상』 속 '나'는 분명히 늦은 오후에 특별한 목적지도 없이 길을 나섰는데 서서 먹는 음식점에 들렀고 밤늦 게까지 문을 여는 음반 상점에서 음악도 들었다. 음식점과 음반 상점 사이에는 꽤 오랜 시간이 흐른 것 같다. 어쩌면 그냥 거리 를 이리저리 돌아다녔는지도 모른다. 몇 시간 동안이나. 그런 다음 마지막 종착역은 서점이다.

이 서점은 밤늦게까지 문을 여는 음반 상점보다 더 늦게까 지 영업을 하고 있다. 왜일까? 서점이기 때문이다. 목적 없음의 즐거움을 알고 아무 목적도 없이 온종일 돌아다닌 사람에게는 아무런 목적 없는 사람을 반겨 주는 장소가 필요하다. 그곳이 바로 서점이다.

목적지를 향해 빠른 속도로
직선의 길을 지나가는 바쁜
사람의 눈에는 풍경이 없다.

정수복, 『파리를 생각한다』 80쪽, 문학과지성사, 2009.

전문가들이 넘쳐나는 시대다. 차량 정비소 기술자보다 운전자가 차에 더 해박하고 가수보다 노래를 잘하는 일반인도 많다. 신문기자라고 하면 누구나 우러러보는 지식인 대접을 받던 때도 있었지만 지금은 해당 분야의 파워블로거가 쓴 글이 더 수준 높은 경우도 많다. 책과 책방도 마찬가지로, 이제는 책방지기보다 손님이, 작가보다 독자의 수준이 때론 더 뛰어나다고 해도 과언이 아닐 것이다. 우리 책방을 찾는 손님도 대개는 자신이 원하는 책을 찾고 관심 있는 분야에 몰두하는 모습을 자주 본다.

내게도 그런 때가 있었다. 한동안 클래식 음악에 빠져들어서 책을 보더라도 그쪽 분야로만 깊이 빠져들었다. 스스로를 전문가라고 믿었고 어떤 서점에 가더라도 그곳에 음악 관련 책이 얼마만큼 있느냐가 나의 평가 기준이 됐다.

그리고 오랫동안, 책에 있어서만큼은 그때그때 명확한 목표가 있어야 한다고 믿었고 목표를 세워 그곳만을 향해 직진, 오로지 직진했다. 그렇게 가면 목적지까지 누구보다 빨리 갈 수 있었다. 하지만 우리의 삶에서 목표에 닿기 위한 경쟁이 우선일 수는 없다. 더 중요한 것은 과정과 길 주변의 사소한 풍경들인 것을 아주 나중에야 깨달았다.

세상 모든 책은 저마다의 과정을 품고 있는 작은 오솔길이다. 어디로 통하는지, 그 길로 얼마나 더 들어가야 멋진 곳이 나올지 알 수 없다. 책방은 지름길이 아니라 애써 돌아가는 우회로이며, 바로 그 길을 권한다. 변두리에 늘어서 있는 풍경이 얼마나 아름다운지 말해 주는 것이다.

이런 깨달음을 얻은 이후 나는 서점의 문을 열고 들어갈 때 내가 염두에 둔 책만을 떠올리지 않는다. 그곳에서 우연히 만나게 될 풍경을 기대한다. 알 수 없는 오솔길 앞에 선 옛 시인처럼 작게 떨려오는 기쁜 예감을 온몸으로 맞이한다.

누군가 3분을 내서
내 음악을 듣고 그걸
기억했다가 다시
한 번 더 듣는다는 것은
기적 같은 일이다.

이기용, 『아무튼, 기타』 76쪽, 위고, 2019.

'허클베리핀'이라는 밴드의 음악을 나는 한 번도 들어 본 적이 없는데 그 밴드의 기타리스트가 쓴 『아무튼, 기타』를 읽은 것이 계기가 되어 책에서 언급한 몇 곡을 유튜브에서 찾아 들어 봤다. 며칠 후에 나는 머릿속에 남는 몇 가지 기타 리프에 이끌려서 두어 곡을 다시 들었다. 그중에서 「항해」라는 곡은 지금까지 세 번이나 들었다. 오오, 나는 이로써 "기적"을 행한 사람이 되었다!

그러나 이보다 더 큰 기적이 있으니, 음악보다는 책이다. 밴드의 음악을 듣는 3분과 비교하면 책을 읽는 시간은 영겁에 가깝게 느껴진다. 어떤 책은 몇 주일, 몇 달에 걸쳐 읽기도 한다. 그러니 읽은 책을 다시 읽는다는 것은 보통 기적이 아니다. 예수가 제자들이 보는 앞에서 물 위를 저벅저벅 걸어오는 정도의 기적이랄까?

여기에 조금 더 높은 레벨의 기적이 또 있다. 같은 책을 두 번 읽는 것 이상의 기적, 그것은 언젠가 갔던 서점에 다시 가는 것이다! 같은 책을 다시 읽기 위해 우리는 그 책을 다시 집어 들기만 하면 된다. 산 책은 대체로 일어나면 손 닿는 곳에 있으니까. 하지만 서점에 다시 가려면 일단 현대 인류 최고의 고민거리인 '귀차니즘'을 극복해야 한다.

자리에서 일어나야 하는 것은 물론 씻고, 옷 입고, 거울 보고, 신발을 신는다. 그리고 걷거나, 자전거를 타거나, 버스나 지하철을 타거나, 심지어 비행기를 타고 서점에 간다. 이건 물 위를 걷는 정도가 아니다. 죽었던 나사로가 무덤 문을 스스로 열고 걸어 나오는 정도라고 해야 하지 않을까.

"서점이라는 곳은 자고로
무엇을 두든 이유를
갖다붙일 수 있잖아? 그것에
관한 책이 있으면 되니까."

하나다 나나코·기타다 히로미쓰·아야메 요시노부,
『꿈의 서점』 214쪽, 앨리스, 2018.

나는 어릴 때 엉뚱하고 신기한 것을 좋아해서 책도 그런 종류만 찾아 읽곤 했다. 나중에 커서 서점을 만든다면 서가도 그런 책들로 가득 채우고 싶었다. 증명되지 않은 고대 문명이나 외계인, UFO에 관한 책들도 좋고 소설가 이윤기가 번역한 노스트라다무스의 예언을 풀이한 책도 생각난다. 중학생 때는 잠자는 게 싫어서 『4차원 수면법』을 시작으로 '잠 적게 자는 법'에 대한 책을 많이 봤다. 그런데 이상하게도 그 책을 읽으면 잠이 왔다. 그 밖에도 『코 파기의 즐거움』이나 이소룡의 『절권도』 같은 책을 구해서 책장 한쪽에 늘어놓고 싶었다. 좋은 아이디어 아닌가? 손님이 "재밌는 책 좀 추천해 주세요"라고 할 때 당황할 필요가 없다. 뭐든 다 재밌으니까.

또 다른 아이디어는 잡화와 그에 관련된 책을 함께 판매하는 것이다. 책은 모든 문화의 근간이라고 부를 만하다. 말하자면 세상 어떤 물건이든지 그것과 관련된 책이 꼭 있기 마련이다. 물건과 책은 자연스럽게 연결될 수 있는 좋은 상품이다. 이 얼마나 멋진 계획인가!

일본의 '빌리지뱅가드서점'은 책 옆에 물건을 놓아 두고 함께 판매하는 전략을 펴고 있는데 그 반대도 얼마든지 가능하다. 예를 들어 신발 가게에서는 신발에 관련된 책을 함께 팔 수 있을 것이고, 분식집에서는 가수이자 서점 주인인 요조의 『아무튼, 떡볶이』 같은 책을 팔 수도 있다.

과거에는 한 가게에서 유사한 품목의 물건만 파는 것이 상식이었지만 앞으로는 그렇지 않을 것 같다. 어쩌면 가게마다 책을 큐레이션해 주는 전문 업체가 생길 수도 있지 않을까? 서점에 가서 책을 사는 게 아니라 좋아하는 무언가를 하러 혹은 사러 갔다가 책을 사게 되는 거다. 아직은 이런 사업에 관심 있는 사람이 없는 것 같다. 내가 먼저 시작해 볼까? 이 책을 읽은 누군가가 재빨리 움직이기 전에.

사흘째, 손님이 한 명도
오지 않았다. 나흘째도
오지 않았다. 어두운 터널이
그 후에도 계속 이어질
줄이야……

모리오카 요시유키, 『황야의 헌책방』 184쪽, 한뼘책방, 2018.

서점은 사람이 가지 않아도 되는 곳이다. 말하자면 가야 할 필요가 없는 곳이기도 하다. 밥집에는 밥을 먹으러 간다. 카페는? 차를 마시며 쉬거나 시시껄렁한 대화를 나누러 간다. 그런 것도 목적이다. 우리가 어떤 장소로 몸을 움직여서 찾아가는 이유는 목적이라는 게 있기 때문이다. 그러나 서점은 이상한 곳이다. 목적이 존재하지 않는 기묘한 상업 공간이다.

서점에는 책을 사러 간다. 그것이 목적일까? 하지만 거기서 꼭 책을 사야 할 필요는 없다. 밥을 못 먹으면 배가 고프고 차를 양껏 마시지 못하면 마음이 지친다. 하지만 책은? 읽지 않아도 살아가는 데 아무런 문제가 없다. 지금 우리 앞에 처음 보는 사람 열 명이 서 있다고 가정해 보자. 그중에서 단 한 명은 이제껏 책을 전혀 읽지 않고 살아온 사람이다. 그 단 한 번도 책을 읽지 않은 사람을 골라내라고 하면 누구도 곧장 그 사람을 골라내지 못할 것이다.

그러니까 서점에 손님이 오지 않는 것에 새삼 놀랄 필요는 없다, 라고 나는 생각했다. 차라리 그렇게 아는 편이 서점 주인에게 편하다. 서점에 사람이 오지 않는 것은 당연하다. 만약에 누군가 문을 열고 들어온다면? 그 사람은 정말 대단한 행운아다. 왜냐하면 이 기묘한 공간에 무작정 들어왔을 테니까. 서점은 앨리스가 말하는 흰 토끼를 따라 들어갔다가 밑으로 쑥 빠져버린 이상한 나라다. 그곳에 들어온 사람에게는 별처럼 쏟아지는 멋진 모험을 즐길 행운이 기다리고 있다.

그러나 모리오카 요시유키여! 이제 그대의 서점엔 손님이 많이 찾아간다는 걸 나는 알고 있다. 어두운 터널은 끝났을 테지만 그다음엔 곧장 환한 터널 밖을 지나고 있을 거라는 사실 역시 나는 알고 있다. 그리고 서점은 손님에게나 주인에게나 어두운 터널과 밝은 세상이 끊임없이 교차하며 이어지는 벗어날 수 없는 길이다.

"적어도 나는 오늘을
마음대로 보낼 수 있어.
내게는 돈이 좀 있지.
지난 세기의 유명한
작가들과 위대한 시인들의
작품을 사 모으도록 하자.
매일 저녁 그 책들을
뒤적이며 낮 동안의 괴로운
일들을 위로받을 수
있을 거야."

쥘 베른, 『20세기 파리』 58쪽, 한림원, 1994.

비약적으로 성장하는 과학기술 덕분에 날마다 유토피아에 조금씩 가까워지고 있는 것처럼 느껴지던 1860년대의 일이다. 한 청년이 갑자기 시간을 거슬러 올라가는 여행을 해서 1960년의 파리에 뚝 떨어졌다. 80일 동안 열기구를 타고 세계 일주를 하거나 엄청난 유산을 받아 유토피아 국가를 건설한다는 이야기보다 몇 배는 더 허무맹랑한 이런 이야기를 쓸 수 있는 사람은 쥘 베른뿐이다. 청년은 이제부터 100년 후 진정한 유토피아가 된 프랑스, 그중에서도 파리를 견학하게 된다.

그러나 청년이 당도한 유토피아 파리는 과학기술로 인간이 해방된 자유국가가 아니라 오히려 그 반대였다. 한없이 발전한 사회에서 인간들은 짓눌려 살고 있었다. 해가 떠 있는 동안 사람들은 일터로 나가 끝없는 통제와 괴로움 속에 살며 캄캄한 밤이 되기를 간절하게 기다린다. 그런 괴로움을 달랠 방법은 오직 책! 책을 사 모아 밤에 그것들을 뒤적이는 것뿐이다. 이 얼마나 유토피아적인 발상인지!

하지만 세상에서 이미 모든 예술 장르는 다 사라졌고 기계공학, 과학, 의학, 산업이나 경제에 관련된 책만 남아 있는 거대한 서점의 풍경만이 눈길을 압도할 뿐이다. 수집 중에 최고의 미덕인 책 수집조차 뜻대로 할 수 없는 세상이라니. 청년의 삶은 이 사건을 중심으로 비극으로 치닫는다. 그럴 수밖에 없다. 책을 수집할 수 없다면 밤은 지옥이 될 것이다. 유토피아라고 불리는 "지옥에서 보낸 한 철"은 그 후로도 여러 날 계속된다.

이 아기들은 책과 꽃에
대해, 심리학자들이
말하는 이른바 '본능적
혐오감'을 가지고 성장하게
됩니다. 불변의 조건 반사
작용이라고나 할까요.
이 아기들은 평생토록 책과
식물을 거부하게 됩니다.

올더스 헉슬리, 『멋진 신세계』 33쪽, 소담출판사, 2003.

많은 작가가 디스토피아 세계를 그리면서 책이 사라진 세상을 떠올렸다. 가장 노골적인 작품이 아마 『화씨 451』일 것이다. 헉슬리 역시 비슷한 상상을 했다. 그가 그린 신세계의 기본 방향은 전체 인간이 모두 행복감을 느끼기 위해 감성은 없어지고 과학은 고도로 발달하는 것이다. 이 멋진 신세계는 그러한 유토피아를 건설하기 위해 아기 때부터 인간에게서 책과 식물을 떼어 놓는 작업을 한다. 아기들이 식물이 그려진 책에 가까이 가려고 하면 경보를 울리며 마룻바닥에 전기를 흘리도록 하는 것을 반복해서 교육한다.

그런데 이 이야기의 전제를 생각해 보면 인간은 따로 교육받지 않았는데도 자연스럽게 책과 식물에 반응하고 가까이 가려고 하는 존재라는 데 이르게 된다. 그게 자연스러운 인간의 본성이라는 얘기다. 왜 그럴까? 그 둘이 인간에게 동일한 반응을 일으키기 때문이다. 식물과 책은 인간을 생각하게 만든다.

생각이 많으면 삶이 불편하다. 단순한 생각을 가진 사람일수록 편하게 산다. 위대한 철학자나 예술가들이 모두 불편한 삶을 살았던 것을 보면 알 수 있다. 그러나 이 불편은 인간을 인간답게 만든다. 보통 서점은 책과 식물 두 가지 요소를 모두 갖추고 인간을 불편한 생각으로 이끄는 장소다. 그러니 독재자에게는 아주 위험한 장소다. 소설 후반부에 총통은 금고 속에 숨겨 둔 성경을 꺼내 보인다. 그것이 이 사회 전체를 위협하는 거대한 폭발물과도 같은 물건이기 때문이다. 그럼에도 총통은 그것을 아주 없애지는 않고 금고에 보관하고 있다. 책과 꽃은 세상에서 없애지 못한다는 사실을 누구보다 그가 잘 알기 때문이리라

빌려 온 책은 어쩐지
그만 가줬으면 하는데도
눈치 없이 앉아 있는
손님 같다.

알베르토 망구엘, 『독서일기』 199쪽, 생각의나무, 2006.

'서삼치'書三癡라는 옛말을 들어 보신 적 있는지? 책에 관한 어리석은 행동 세 가지를 뜻하는 말이다. 그 첫 번째는 책을 빌려 달라고 하는 것이요, 두 번째는 책을 빌려주는 것이며, 마지막 세 번째가 빌린 책을 되돌려주는 것이다. 누군가 우스개로 지어낸 말 같지만 나는 여기에서 굉장한 철학이 느껴진다.

서점에 책을 빌리러 오는 사람이 있다는 얘길 들어 본 적이 있는가? 누구에게 물어도 백이면 백 모두 웃기지 말라는 대답이 돌아온다. 옷가게에서 판매하는 옷을 한 이틀만 입고 돌려줄 테니 잠시 빌리자고 하는 사람은 없을 것이다. 그런데 서점엔 그런 사람이 있다. 그들은 때로 '삼치'가 되지 않기 위해선지 빌려 간 책을 절대로 돌려주지 않는다.

그래서 나는 무슨 물건이든 빌려주는 것도, 빌리는 것도 싫어한다. 책은 더 말해 무엇하랴? 친구에게 빌리는 것은 물론 도서관 대출도 거의 안 한다. 필요한 책이 있으면 그냥 산다. 같은 책을 적어도 두세 번씩 읽기 때문에 그때마다 빌리는 게 오히려 귀찮다.

게다가 빌려 온 책은 알베르토 망구엘이 말한 것처럼 좀 부담스러운 면이 있다. 얼른 갖다줘야 할 것 같은 불안함과 함께 망가뜨리면 안 된다는 생각에 읽으면서도 자꾸 신경이 쓰인다. 그런 부담이 책 읽기를 방해한다.

서점은 도서 대여점이 아니고 독서실이나 PC방은 더더욱 아니다. 서점에 있는 책을 여러 권 탁자에 꺼내 놓고 공부를 하거나 스마트폰으로 책 본문을 일일이 스캔하는 손님을 보면 그만하고 얼른 가 줬으면 하는 마음이 간절하다. 따지고 보면 그는 서점이라는 공간과 그 안에서의 시간, 분위기, 책들, 이 모든 것을 그저 빌린 것이다. 눈치가 있다면 서점 주인의 안색을 살피고 얼른 가 주는 게 도와주는 일이다.

이 책을 팔아서 자전거값
월부를 갚으려 한다.
사람들아 책 좀 사 가라.

김훈, 『자전거 여행』 9쪽, 생각의나무, 2000.

책을 팔아 자전거 할부 대금 갚는 일에 쓰겠다는 이 당찬 문장의 출처는 김훈 작가의 『자전거 여행』머리말 가장 마지막 부분이다. "여기서 우리는 몇 가지 분석을 시도해 볼 수 있습니다." 내가 G에게 이 유명한 책을 읽으라고 권했을 때 며칠 후 그가 내게 했던 말이다. G는 그 책을 다 읽었고 자기가 생각하기에 이 머리말의 마지막 문장이 책 전체를 통틀어 최고라고 했다. 그러면서 다음과 같이 분석했다.

우선 자전거의 가격에 대해 알아야 한단다. 책에 자전거가 얼마짜리인지 나오지 않지만 할부로 구입한 것이라니 저렴한 것은 아니라고 짐작할 수 있다. 그러나 이마저도 상대적이기에 가격을 단정할 수는 없다. 어쨌든 5만 원 이하는 아니겠지. 하지만 김훈 작가만큼 잘 알려진 사람이 경제적으로 쪼들릴 것 같지는 않은데 그럼에도 할부로 샀다는 것은 그만큼 자전거가 비싸다는 말이 아닐까? 어쩌면 천만 원짜리 자전거일 수도 있다. 또한 "사람들아 책 좀 사 가라"는 문장. 이것은 명백하게 명령이다. 김훈 정도 되니까 독자들에게 이 정도 명령을 쓸 수 있는 거다. 만약에 내가 지금 이 책의 머리말 끝에 서점 월세 내야 하니까 책을 사라고 썼다면 독자는 두 말 없이 책을 던져 버릴 것이다.

이러니 G의 분석이 맞는지 틀리는지는 모르겠지만, 어찌됐든 나는 김훈 작가에게 감사의 마음을 갖고 있다. 이 책이 절판됐을 때 헌책방에서 꽤 비싼 가격에 몇 권 팔았기 때문이다. 맘 같아선 영원히 복간되지 않았으면 하는 얄팍한 생각도 했다. 나는 이렇듯 유치한 생각을 자주 한다. 하지만 그런 생각들이 켜켜이 쌓여서 페이스트리처럼 맛있는 서점이 된다고, 나는 감히 말하고 싶다. 그래도 역시, 아아, 돈 벌고 싶다!

나는 처음으로 쓴 비평으로
1파운드 10실링 6펜스를
벌었고, 그 보수로 페르시아
고양이를 샀지요.

버지니아 울프, 『런던 거리 헤매기』 134쪽, 민음사, 2019.

『런던 거리 헤매기』를 읽고 우리가 가장 먼저 해야 할 일은 버지니아 울프가 처음으로 글을 팔아 번 돈 1파운드 10실링 6펜스가 지금 어느 정도 가치가 있는지 알아보는 것이다. 단서는 작가가 그 돈으로 페르시아 고양이를 샀다는 것인데, 페르시아 고양이 값으로 당시의 물가를 짐작하는 것은 무리다. 그런데 예전 화폐단위를 지금의 가치로 계산해 주는 흥미로운 인터넷사이트가 있었다. 계산해 보니 당시 1파운드 10실링 6펜스라는 금액을 현재 우리나라 돈으로 환산해 보면 대략 20만 원 정도다. 그녀는 1904년경 『가디언』에 무명으로 서평을 싣고 이 돈을 받았다.

20만 원! 그렇게 받은 돈으로 '울프'는 '고양이'를 샀다. 이 시점에서 당연히 내 첫 원고료를 떠올리지 않을 수가 없다. 나로 말하자면 고료로 무언가를 살 수는 없었다. 왜냐하면 첫 원고료를 돈이 아닌 현물로 받았기 때문이다. 한 잡지사의 청탁을 받아 글을 썼는데 그 잡지사에서 준 원고료는 치킨 주문 쿠폰이었다. 이후로도 이런 일은 몇 번 더 있었다. 환경 관련 잡지에 글을 썼을 때는 3킬로그램짜리 유기농 쌀을 받았다.

어째서인지는 모르겠지만 헌책방이라는 곳이 풍기는 희한한 정서가 있는지 우리 서점에서 책을 사면서 값을 현물로 치러도 되느냐고 묻는 손님이 더러 있다. 이를테면 자기가 가져온 다 읽은 책과 바꾸자고 하거나 한정판 우표, 특이한 연도에 출시된 수집용 동전 같은 걸 보여 주면서 책값으로 대신하자고 한다. 그럴 땐 조금 난감하다.

원고를 청탁하거나 강의를 부탁할 때, 책을 살 때는 물건이 아니라 돈을 주고받자. 당신의 물건이 상대에게도 필요하지는 않으니까. 원고료로 고양이를 산 울프처럼 물건이 필요하면 돈을 주고 사면 된다. 일을 하고, 책을 쓰고, 책을 팔고 느닷없이 물건을 받으면 아무래도 당황스럽다.

하긴 내 원고료는 일주일
동안의 호텔 체재비에도
못 미치는 것이었다. 그래도
나는 작업을 마무리한 것에
만족하고, 뭔가 정신적인
강장제를 찾기 위해 긴자의
한 책방에 나가기로 했다.

아쿠타가와 류노스케,『지옥변』298쪽, 시공사, 2011.

우리는 지금 한 비루한 작가가 얼마 안 되는 원고료를 받은 다음 "정신적인 강장제"를 처방받기 위해 서점에 가는 장면을 보고 있다. 원고료가 일주일 동안의 호텔비도 안 된다고 하는데, 이마저 우리 꿈속의 오성급 숙박업소와는 전혀 다른 곳일 테다. 어찌됐든 집필을 완료한 작가는 한껏 들떠 있다. 그런 채 서점에 간다. 서점만큼 작가에게 황홀한 감각을 불러일으키는 공간이 또 있을까? 거기에 가면 수많은 작가들이 저마다의 호텔비를 받고 써내려 간 작품들이 즐비하다.

'저 작품을 쓴 작가는 얼마나 받았을까? 잘 보이는 이 매대에 올라와 있는 이 책을 쓴 사람은 돈을 좀 벌었겠지? 아무래도 새로 출판될 내 책은 저기 구석 책장, 그중에서도 가장 아래에 들어가지 않을까?'

하지만 작가들은 사람들이 하지 않을 이런 생각을 아마도 조금씩은 할 것이고 그러면 기분이 좋아지기는커녕 우울해질 것이다. 그러니까 강장제를 찾기 위해서라면 다른 곳이 아닌 긴자로 가야 한다. 예나 지금이나 명품 가게가 즐비한 일본의 상점가. 같은 서점이라도 긴자에 있다면 분명 더 멋지고 훌륭한 기분을 느낄 수 있을 것이다.

나도 언젠가 긴자에 갔다가 역 근처에 있는 커다란 츠타야 서점에 들른 일이 있다. 역시 멋있었고 '긴자스러운' 책들이 가득했다. 예술서적과 도록, 훌륭한 대판형 그림책들이 눈길 닿는 곳마다 늘어서 있다. 내가 쓴 책은 예술 분야 책이 아니거니와 한국말로 된 것이라 당연히 없었다. 실은 이 점이 무엇보다 내 마음을 위로해 줬다. 분명히 내 책이 있을 것 같은 서점에 들이기서 내가 쓴 책을 한참동안 찾았던 기억이 있는데 돌이켜 생각해 보니 너무 비참했다.

작가들에게 정신적인 강장제는 역시 긴자의 서점이다.

우리의 말은 우리의
나머지 행동들에 의해서
그 뜻을 얻는다.

루트비히 비트겐슈타인, 『확실성에 관하여』 56쪽, 서광사, 1990.

사람의 모든 부분은 연결되어 있다. 이를테면 입에 험한 말을 달고 사는 사람이 그만큼 험한 마음을 가진 것처럼. '자기'自己는 말 그대로 스스로 만들어 세우는 본모습이다. 누가 나를 대신 만든 게 아니라 나에게 속한 모든 것은 몸에 난 작은 터럭 하나라도 결국 다 내가 만든 것이다. 사람들은 늘 '나는 누구인가?', '나는 무엇을 알고 있는가?'와 같은 질문에 집착한다. 나에 대한 탐구를 충분히 하고 나서야 세계를 향한 질문이 비로소 의미가 있다.

비트겐슈타인에 따르면 몸이 아는 걸 머리로 완벽하게 부정할 수 없으며, 입으로 거짓을 말하면서 동시에 올바른 행동을 하는 건 논리적이지 않은 것이다.

나는 서점에 온 손님들을 관찰하면서 이 이론에 확신을 가지게 됐다. 서점에 있는 책은 사기 전까지는 자기 소유가 아니다. 그런데 책을 아무렇게나 꺼내서 막 다루는 사람들이 있다. 책을 보다가 망가뜨리는 경우도 있는데 이럴 때 뭐라고 하면 "출판사에 반품시킬 수 있는 거 아닌가요?", "애들이 그럴 수도 있지요!" 하면서 오히려 큰소리를 친다.

작은 책 한 권을 대하는 태도가 그러한데 다른 사람이나 세상을 바라보는 철학이 아름다울지 의문이다. 서점엔 온갖 책이 있듯이 그걸 사러 오는 사람도 제각각이다. 선글라스로 눈을 가리거나 커다란 모자를 푹 눌러 썼다고 해서 자기를 숨길 수 있다고 생각하면 오산이다. 특히 서점에선 더욱 그렇다. 책은 사람을 드러나게 만드는 희한한 물건이기 때문이다.

☞ 책방지기의 고충에 대한 이야기를 한 편 더 읽고 싶다면 [문장097]로 가시오.

화면에 나타나는 것은
글로 쓴 것이 아닙니다.
마그리트의 '담뱃대'가
담뱃대가 아닌 것과
마찬가지입니다.

이반 일리치, 『과거의 거울에 비추어』 269쪽, 느린걸음, 2013.

전자책을 파는 책방이 생기는 날이 올까? 책방에서 일하기 전에 책이 어떻게 만들어지고 유통되는지 배우고 싶어 잠깐 출판사에서 일한 적이 있다. 다양한 업무를 경험했지만 우리나라 전자책의 초창기 형태를 보았던 일이 기억에 많이 남는다. 미팅차 방문한 전자책 회사에서 이런 말을 들었다. "앞으로 사람들은 무거운 책 대신 전자책 단말기를 들고 다닐 겁니다. 도서 대여점이나 도서관에서도 전자책을 빌려 볼 수 있을 거예요." 나는 당시에도 책방에 관심이 많았기 때문에 오프라인 책방에서도 전자책을 사고팔 수 있게 되는 거냐고 물었다. 회사 대표님은 진지한 표정으로 단호하게 말했다. "전자책은 책이 아니에요."

이 말에 어느 정도 동의한다. 물론 전자책도 책이다. 읽는 것이라는 점에서는 종이책과 다른 점이 없다. 하지만 앞으로 종이책과 전자책이 갈 길은 확실히 다를 거라 생각한다. 판매를 기다리며 서가에 늘어서 있는 책과 파일에 담겨 있는 책은 느낌부터 너무 다르다. 전자책은 편리하고 가볍다. 그러나 종이책은 더욱 책답다. 사람을 불편하게 만드는 게 책이며 책의 역할이고 책방은 그런 불편한 물건들로 가득한 공간이다. 책방에는 책과 책방의 불편을 기꺼이 받아들이려는 사람들이 많다. 카프카의 말대로 책은 우리를 기분 좋게 만드는 솜사탕이기보다는 머리를 후려치는 도끼가 되어야 한다.

다시 첫 질문으로 돌아간다. 책방에서 전자책을 파는 날이 올까? 당연히 올 것이다. 전자책을 거부하거나 부정하려는 마음은 없다. 전자책도 책이기에 종이책과 조금 다른 식일 뿐 제 식으로 책의 역할을 다할 수 있을 것이다. 나아가 머지않아 종이책과 거의 똑같은 질감과 냄새까지 갖춘 전자책이 나올 수도 있을 것이다. 하지만 그래도 전자책은 종이책을 결코 대체할 수 없다. 대체라는 말을 쓰기에 둘은 너무도 다르다. 아니 과연 무엇이 책과 책방을 대체할 수 있을까.

책장의 표면 저편에는
이쪽 세계보다 훨씬 더
인생다운 세계가 있다.

이탈로 칼비노, 『사랑은 어려워』 99쪽, 문학과사상사, 1996.

이탈로 칼비노의 이 문장에서 '책장'이란 책을 모아 둔 가구가 아니라 책을 구성하는 낱장의 종이를 뜻한다. 우리는 책장 표면의 저편과 이쪽 세계를 결코 동시에 경험할 수 없다. 눈앞에는 늘 두 개의 선택지가 놓인다. 마치 색깔이 다른 알약 두 개처럼. 책장 저편으로 갈 것인가, 아니면 이쪽 세계에 남을 것인가.

이쪽 세계는 대낮이다. 모든 게 두 눈으로 명징하게 보이고 햇살을 머금은 따사로운 공기가 몸을 감싼다. 졸음이 몰려올 정도로 평화로운 오후다. 반면에 저편은 밤이다. 어둡고 아무것도 보이지 않으며 삭막하고 차갑다.

하지만 대낮은 모든 게 거짓으로 둘러싸여 있다. 가정생활, 학교생활, 직장생활. 생활이라고 부르는 다양한 행위를 일삼으며 우리는 언제나 거짓을 마주한다. 때로는 거짓과 싸우고, 때로는 항복하고, 때로는 거짓을 진실처럼 포장하고 포장된 거짓은 선물처럼 들고 다닌다. 밤은 고요하며 알 수 없는 일들이 공중에 떠다니지만 그렇기 때문에 오히려 더 진실하다. 보이지 않기에 상상할 수 있고, 머릿속으로 만들어 낸 세계는 대낮의 비참함에 감히 비교할 수 없을 만큼 아름답다. 밤엔 거짓이 활개칠 수 없으며 밤은 그 어떤 것도 포장하지 않아도 되는 해방의 시간이다.

그렇기 때문에 서점은 낮보다 밤에 더욱 빛난다. 진실을 찾고 싶어 하는 사람들은 꾸준히 책장 표면 저편에 있는 밤을 향해 나아간다. 그 여정은 루이-페르디낭 셀린이 말한 "밤 끝으로의 여행"이다. 그 끝에, 책장의 표면 저편 끝에 있는 훨씬 더 인생다운 세계를 맛보기 위해 사람들은 영업이 끝난 문 닫은 서점 근처를 서성거린다.

인생은 당첨되지 못한
사람들에게만 보이는 거대한
복권이다. 그대, 이 책을
읽게 될 그대는 당첨되지
못한 자이다. 그대, 행운아여!

요슈타인 가아더, 『오렌지 소녀』 210쪽, 현암사, 2005.

연말이 되면 대형 서점에서 '올해 최고의 책'을 발표한다. 예전엔 이 목록을 보는 게 두근거리는 연례행사였는데 요즘엔 딱히 그렇지도 않다. 어떤 서점이든 목록이 어슷비슷하기 때문이다. 개성 넘치는 시대라면서 왜 책은 개성 있게 팔리지 않을까?

아마도 복권 1등 당첨자를 많이 배출한 편의점이 장사가 잘되는 이유와 같지 않을까. '복권 1등 당첨 명당', '1등 23명 나온 곳' 같은 문구가 내걸려 있는 편의점에 사람들은 많이 몰린다. 꾸준히 복권을 사는 사람들도, 재미로 한 장 사는 사람들도 이왕이면 그 집을 찾고, 그래서 그 가게에서 판 복권의 당첨 횟수는 더 높아진다. 책도 마찬가지다. 베스트셀러로 꼽힌 책이 사람들의 이목을 끈다. 책을 꾸준히 사는 사람들도, 어쩌다 한 권 사는 사람들도 이왕이면 그 책을 찾고, 그래서 그 책이 더 많이 팔려 연말에는 올해의 책에도 등극한다. 어디 책뿐만이겠는가? 음악도, 영화도 비슷할 거라 해도 이상하지 않다.

그런데 복권 명당을 찾아간들 나에게 1등 당첨의 기회가 올 확률은 매우 희박하다. 현실적으로라면 명당으로 소문난 판매처를 찾아 낙첨에 낙담하기보다 가까운 편의점에서 소소한 당첨을 바라 보는 것이 더 가능하고 즐거운 일일 것이다. 책도 마찬가지, 대형 서점이 뽑은 '올해 최고의 책'을 읽고 자신에게 맞지 않아 실망하기보다 가까운 서점에서 자기에게 도움이 될 만한 책을 발견하는 것이 더 큰 기쁨일 것이다. 누가 알겠는가? 그렇게 발견한 책이 인생 최고의 책이 될지.

우연히 들른 서점에서 꺼내 든 책 한 권이 절망에 빠진 삶을 180도 바꾸었다는 간증은 실제로도 넘쳐난다. 그러니 인생을 바꿔 줄 복권 명당이란 1등 당첨자를 몇 명 배출한 어느 편의점도, 매년 최고의 책을 뽑아 발표하는 대형 서점도 아닌 읽지 않은 책들로 가득한 가까운 서점이다.

여행자가 오지 않으면
마을은 사라질 수밖에
없어요. 손님이 없는 서점이
이 세상에 존재할 이유를
잃게 되는 것처럼.

무라야마 사키, 『오후도 서점 이야기』 177쪽, 클, 2018.

모든 것은 사람으로부터 시작되고 그 끝에도 역시 사람이 있다.

무라야마 사키의 소설 『오후도 서점 이야기』 속 서점은 죽어 가고 있다. 서점이 있는 마을 역시 죽어 가고 있다. 죽어 간다는 것은 생명력을 잃고 있다는 얘기다. 생명력이란 사람들의 오고 감, 사람이 만들어 내는 온기와 숨결이다. 그것이 점점 사라져 가고 있다. 어디 오후도 서점뿐이랴. 오늘날 사람들로 미어터지는 도시에서도 정작 생명력은 날이 갈수록 힘을 잃어 간다.

이 소설은 폐업 위기에 있던 한 서점을 뛰어난 재능을 가진 주인공이 되살린다는 단순한 이야기가 아니다. 작가는 읽는 이에게 질문한다. 이 세상에서 사람의 역할이란 무엇인가에 대해서. 사람에게서 나오는 온기와 생명력이 어떤 힘을 가졌는지 작은 목소리로 설명하며 잔잔히 말을 걸어온다.

우리는 모두 인생이라는 긴 여행을 하고 있다. 목적지가 어디인지 알기 어렵고 각자가 도달해야 할 곳 역시 다르다. 긴 여정 동안 이 마을에서 저 마을로 옮겨 다니며 살기도 한다. 인생의 종착점이라 할 만한 특정한 마을이 정해져 있는 것도 아니다. 그러니 어떤 마을이든 여행자를 끌어들여 그곳에 살게 하는 것보다 더 의미 있는 일은 그저 다양한 사람이 마을을 지나가도록 하는 것이다. 누구라도 그 마을을 지날 때마다 조금 더 풍요로운 마음이 될 수 있다면 그 생명력이 모여 마을은 살아난다. 생명력을 잃지 않는다.

마을의 서점은 이 생명력을 저장하는 창고와 같다. 어떤 마을의 어떤 서점이든 들어가서 거기 있는 책을 펼쳐 보라. 거기엔 누군가가 남기고 간 생명의 흔적이 있다. 따스한 온기, 아주 작지만 누군가에겐 꼭 필요한 손가락 끝의 여린 촉감. 서점은 그것들이 아니라면 존재할 수 없다. 아니, 존재할 이유가 없다.

나는 신을 믿지 않고,
종교도 없다. 하지만 내게
이 서점은 이승에서
교회에 가장 가까운 곳이다.

개브리얼 제빈, 『섬에 있는 서점』 311쪽, 루페, 2017.

서점을 다룬 책이라면 분야를 막론하고 열심히 찾아 읽는 편이지만 이 책에 대해서는 잘 알지 못했다. 그러다가 서점에 관한 이야기이고 그 서점이 위치한 섬 이름이 '앨리스'라는 이야기를 듣고 급격히 관심이 생겨 얼른 찾아 읽었다. 나로 말하자면 앨리스를 좋아해서 아무런 고민도 없이 가게 이름을 '이상한나라의헌책방'이라고 지었을 정도다.

앨리스섬에 있는 유일한 서점 '아일랜드북스'에서는 인생의 온갖 희로애락이 펼쳐진다. 마치 거대한 책처럼 이야기가 끊임없이 쏟아져 나온다. 이야기의 중심에는 당연히 서점 일꾼 에이제이 피크리가 있고, 서점이 유일한 것처럼 일꾼도 유일하다. 이런 곳에서 서점 일꾼이 죽으면 어떻게 될까? 과연 누가 이야기를 이어 할 수 있을까?

서점의 이야기는 어쩌면 서점 일꾼의 죽음과 함께 끝나 버렸을지 모른다. 실제로 에이제이의 장례식 이후 서점은 매각될 예정이었다. 하지만 일꾼이 일구어 놓은 두 손님이 서점의 새로운 주인이 되었고, '이야기' 역시 잠시 숨을 고른 후 다시 시작된다. 뒤에 올 사람을 위해 작성된 서점에 대한 보고서에는 아일랜드북스가 "이승에서 교회에 가장 가까운 곳"이라 기록되어 있었다.

책이나 작가에 종교적인 충성심을 갖고 있는 손님을 더러 만난다. 한데 책도, 작가도, 그들에게 신념을 품는 서점의 손님도 모두 서점에서 비롯되었다. 그 모두를 일구고 연결하는 서점이야말로 세상의 보물이다. 이런 비유가 기분 나쁘지 않다면 이 이야기를 이렇게 마무리하고 싶다. 책과 작가는 그저 서점이 흘린 작은 부스러기에 불과하다.

나는 한 허름한 서점으로
들어갔다. 할머니는 때때로
이곳에 소설책을 사러 오기도
했을까? 아니, 그럴 리 없다.
서점 주인은 서점이 생긴 지
십오 년밖에 되지 않았으며,
전에는 부인복 상점이었다고
말했다. 상점들은 주인을
바꾼다. 그런 것이 장사다.
우리는 결국 어떤 것들이
차지하고 있던 정확한 장소를
더이상 잘 알지 못하게
되고 만다.

파트릭 모디아노, 『추억을 완성하기 위하여』 50쪽, 문학동네, 2015.

'장소'는 기억으로 만들어진 공간이다. 기억은 우리를 그 장소로 연결시키기 위해 실제로 존재하지 않는 길을 만들기도 하고, 우리는 꿈속에서 그런 장소를 방문하기도 한다. 우리 삶은 많은 장소에 둘러싸여 있다. 집 안에 있다가 학교나 회사라는 장소로 이동하고 거기서 다시 카페나 밥집으로 간다. 장소와 장소 사이의 길도 장소가 될 수 있다. 넓은 광장이나 어른 두어 명이 간신히 드나들 수 있는 골목은 때로 우리를 잡고 놓아 주지 않는 장소가 된다. 그런 장소는 특정한 사건들과 연결되어 영원히 기억되기도 하고 꿈을 통해 자꾸만 재현된다.

언젠가 K는 자신이 온종일 길과 광장, 그리고 어떤 거대한 문 앞에서 맴돌았던 이야기를 들려주었다. 그는 어디에도 들어갈 수 없었지만 '길 위'에서 겪은 사건들이 그곳들을 구체적인 장소로 만들었다. 그리고 그것들이 끊임없이 K를 괴롭혔다.

파트릭 모디아노의 소설처럼 나는 이곳에서 거의 15년째 서점을 운영하고 있다. 이전에 이곳은 '경양식집'이라고 불리던 장소였다. 나는 그곳을 전혀 모르지만 서점에 오는 손님 중에는 경양식집과 서점의 기억을 모두 가진 이가 있다. 그에 비하면 나는 이 장소 절반의 역사를 모르는 셈이다. 하지만 그도 이곳이 경양식집이기 이전에 2층짜리 단독주택이었다는 사실은 알지 못했다. 언젠가 서점에서 그 집에 살았던 노인을 만났는데, 그에게는 경양식집과 서점의 기억이 전혀 없었다.

소설가의 말대로, 시간이 지나며 상점들은 주인을 바꾸고 우리는 그 장소를 모두 기억할 수 없다. 각자의 기억으로 나름의 이야기를 만들어 추억할 뿐이다. 이곳 서점은 누군가가 기억하는 상소의 일부, 추억의 일부이겠지만 나는 서점인 이 장소만을 알고 그대로 사랑할 것이다. 그것으로 만족스럽다.

그러나 서울은 좋은
곳입니다. 사람들에게
분노를 가르쳐 주니까요.
덕분에 저는 도둑질 말고는
다 해 보았답니다.

기형도, 『입 속의 검은 잎』 18쪽, 문학과지성사, 1990.

기형도 시인은 이 좋은 서울에서 도둑질 말고는 다 해 보았다고 고백했지만, 서점에는 당연하게도(?) 도둑질 하는 사람이 있다. 다른 물건을 파는 가게의 사정은 어떤지 잘 모르겠다. 그런데 유독 서점에는 책을 훔치다 들켰을 때 당연하다는 듯 선처를 바라는 사람들이 꽤 있다. 책 도둑이라 책을 많이 읽어서 그런지 변명도 기발하고 문학적이다.

이를테면 아무도 몰래 아주 잠깐 빌려 갔다가 그대로 돌려 놓을 계획이었다고 말한 사람이 있다. 이런 독창성이라니! 몰래 들고 나간 책을 또다시 몰래 갖다 놓겠다는 얘기인데, 과연 가능할까? 나처럼 어리숙한 사람 눈에도 가방을 열어 책을 넣는 모습이 보여 버렸는데.

코트 안주머니에 작은 책을 슬쩍 숨기는 것을 내가 똑똑히 보았는데도 원래 자기 책이라며 큰소리친 사람도 있다. 나는 그런 경우를 대비해 우리 책방의 모든 책 속에 비밀 표시를 해 두었다. 나에게는 마치 코카콜라 만드는 비법만큼이나 소중한 것이다. 책을 지키는 비밀의 부적이라고나 할까?

자기가 갖고 있던 책인데 잃어버렸고 그것을 우리 책방에서 우연히 발견했으니 자기 책이라며 우기는 사람에 대해서는 어떤 상상력으로 이해를 해야 할지 아직도 모르겠다.

이런 기억들을 떠올리며 한편으로 기형도 시인도 어느 헌 책방에선가 책을 훔치려고 한 적이 있지 않을까 하는 이상한 상상을 해 보았다. 아니! 아니다. 시인은 책을 훔치지 않는다. 나는 그런 믿음을 가지고 있다. 우리 책방에서 시집을 도둑맞은 적은 단 한 번도 없다. 그래서 시를 가까이 하는 사람 또한 책을 훔치지 않는다는 믿음이 생겼다. 시인은 분노라는 게 없는 사람이다. 아니면 분노만 남은 사람이거나. 시인은 글자 외에 다른 것은 훔치지 않는다.

어떤 이상이 결점을 가진다면
그것은 우리가 항상 그에
미칠 수 없기 때문이 아니라
다른 이상이 그와 동일한
방향에서 더 잘 현실화될 수
있기 때문이다.

로버트 노지크, 『인생의 끈』 395쪽, 소학사, 1993.

책방을 운영하며 내가 뒤처지고 있다는 생각을 한 일이 몇 번 있다. 몇 번? 아니, 족히 수십 번은 될 것 같다. 나름 새로운 철학을 가지고 서점을 만들었으니 계속, 더 오래 사람들에게 인정받고 싶었던 것인지도 모르겠다. 하지만 사실 새로울 것 없는 철학이었다. 눈을 감고 있을 때는 내 생각과 이곳이 새롭게 느껴졌지만 고개를 돌려 조금만 먼 곳을 살피면 모든 것이 새로운 풍경이었다.

들에 핀 꽃은 어느 것이라도 특별하다. 그러나 그 특별한 꽃들이 모두 새로 핀 것은 아니다. 작년에도 재작년에도 피었고 수십 수백 년이 흘러도 필 것이며 그 꽃들이 새로운 꽃이라 불릴 날은 오지 않을 것이다. 그럼에도 불구하고 다시 피고 또 진다. 자기들은 애초에 새로움이라는 말 따위에는 관심이 없었다는 듯이.

책방을 꽃으로 비유하자니 조금 무리인 것도 같지만 각양각색으로 많아진 서점을 둘러보며 마치 꽃이 핀 들판에 들어와 있는 느낌을 받은 적이 있다. 어디를 둘러보아도 모두 특별한 모양, 남다른 향기를 가진 새로운 생명들이다. 한참동안 뒤처지면 어쩌나 고민을 하다가 이런 생각을 하며 마음을 고쳐먹었다. 새로울 것 없는 책방이 되기로 했다. 특별하지 않은 흔한 가치들로 가득한 책방이 되려면 나는 여전히 멀었다.

아직도 책방에 앉아 책을 읽을 때면 조금씩 세상과 멀어지는 느낌이 들 때가 있다. 어쩔 수 없다. 특별하게 태어나 매번 관심받는 것도 좋지만 여기저기 흔하게 피어난 아름다운 풀이 되어도 나쁠 것 없다. 아름다움에는 위도 아래도 없고 좌우를 나누어 말할 필요도 없다. 특별하지 않지만 흔하고 꾸준해지기 위해 이 작은 책방에서 오늘도 읽고 쓰고 생각을 이어간다.

서점은 언제나 대로변에
있다. 그것은 책에서 책으로
말고는 어느 곳으로도
통하지 않는 길이며, 그
자신에게만 이어지는, 무한히
재인쇄되는 흔적과 활자만을
따라가는 길, 그 길을
따라가면 감동적이면서도
섬세한 사유의 거래가 끊이지
않는 큰 길이 있다.

장-뤽 낭시, 『사유의 거래에 대하여』 61쪽, 길, 2016.

'사유'란 '생각'보다 조금 더 깊은 곳에서 우리 자신을 향해 스스로 질문하는 목소리다. 생각 없이 사는 사람은 아무 소리도 들리지 않을 것이다. 반면에 아무 생각 없이 사는 것처럼 보이는 사람이라고 하더라도 그는 '아무런 생각이 없다는' 생각을 하고 있을 것이다. 그러나 사유 없이 사는 사람은 진짜로 있다. 자신에게 질문하지 않는 사람, 남에게만 질문하고 자신에게는 아무것도 궁금해하지 않는 사람이 있는데 그가 바로 사유 없이 사는 사람이다.

나를 향한 질문이라고 하면 우선 무엇을 먼저 물을 것인지부터 막막해진다. 질문을 했다고 하더라도 대답하는 것이 '질문을 받은 나'인지 혹은 '방금 질문한 나'인지 구분하기도 힘들다. 사유라는 것은 그렇게 괴로운 문답을 힘껏 밀고 나가는 행위다.

지금은 사유의 결과물을 거래하는 시대에 접어들었다. 부정적인 의미의 거래가 아니라 사유가 이제 혼자만의 것이 아님을 뜻한다. 사람은 책을 사면서 사유의 단서 한 조각을 거래한다. 그것은 퍼즐 조각의 작은 한 부분일 수 있다. 이후로 책과 책이 거래되고 조금씩 사유의 커다란 그림이 윤곽을 드러낸다. 이윽고 사유는 넓은 길을 이루고 우리는 그 거리에서 자유롭게 오가며 다른 사유를 만난다. 길과 길은 연결되고 거리 이쪽 끝에서 저쪽 끝으로는 또 다른 사유로 향하는 이정표가 있다.

그 거리 곳곳에서 우리는 크고 작은 서점을 만날 수 있다. 각각의 서점은 사유를 거래하고 책과 사람이 만나 또 다른 철학이 탄생하는 작은 우주다. 사유의 방향은 이 땅을 뛰어넘어 드넓은 우주로 향한다. 그 끝에는 무엇이 있을까? 처음으로 스스로에게 그럴듯한 질문을 받았던 오래전 자신이 반갑게 손 흔들며 맞이한다. 그는 한 작은 서점의 문을 열고 우리 다시 이곳에서 만나자며 조용히 웃으며 격려의 말을 건넨다.

나는 무엇인가를 애써
증명하려는 작가들에게는
조금도 매력을 느끼지
못한다. 상상하는 그 모든
것들이 펼쳐져 있는데
도대체 뭘 증명하겠다는
건가?

질 크레멘츠, 『작가의 책상』 84쪽, 위즈덤하우스, 2018.

군대에 있을 때 처음으로 이오네스코의 희곡 『코뿔소』를 읽었고 전역한 다음 대학로 어느 소극장에서는 연극도 봤다. 이 작품은 마을 사람들이 하나둘씩 코뿔소로 변해 간다는 희한한 내용이 줄거리인데 어쩐지 나는 이게 굉장히 현실적인 이야기처럼 느껴졌다. 하긴 더 어렸을 때부터 내겐 그런 면이 있었다. 미술 교과서에 있는 살바도르 달리나 피카소의 그림이 대단히 현실적으로 보였다. 반대로 렘브란트가 그린 섬세한 작품은 완전히 꿈같이 느껴졌다. 그 세밀한 그림 속에 나는 영원히 참여할 수 없을 거라는 막연한 두려움 때문이었다.

그러니까 나에게는 현실적인 일을 행동으로 옮기는 것보다 머리로 상상하던 걸 실제로 해 보는 것이 더 쉽고 재미있다. 서점도 그 결과다. 나는 상상했고 그림 그리듯, 음악을 연주하듯 서점을 만들었다. 이것이 내겐 지극한 현실이며 실재하는 생활이다. 여기엔 어떤 첨가물이나 아름다운 포장도 없다. 멋지게 보이려는 노력도 없다.

서점에서 일하면서 글을 쓰고 지낸 것이 이제 10년 정도 지났을 뿐이지만 이오네스코가 말한 "증명"이라는 게 무엇인지 조금 알 것 같다. "꿈은 가장 깊은 차원의 현실"이라는 그의 해석이 이 서점에 해당될 수 있는 말이면 좋겠다. 누군가 내게 "이봐, 자네의 뿔이 순식간에 뻗어 나간다! 자네는 코뿔소다!"라고 말하더라도 좋다. 그것은 현실이다. 우리가 지금 같이 보고 있는 세상이기에 의심할 필요 없이 현실이다. 세상을 그렇게 만들어 가 보려고 한다. 바로 여기에서부터.

나오는 말
서점에서 만난 흥미로운 세 사람에 대해서

"물론 이 이야기는 이렇게, 여기서, 이런 식으로, 조금은 무겁고 느리게 시작될 수 있을지 모른다. 모두에게 그리고 누구에게나 속해 있는 이 생동감 없는 장소에서……."
— G. P. (1978년)

먼저, 높고 좁게 난 긴 골목을 따라 아무 약속도 없이 걷고 있을 것이다. 역시 아무 이유 없이 주변을 두리번거릴 것이다. 이 곳저곳을 기웃거리며 걷다가 한 작은 서점을 발견할 것이다. 그 서점은 간판이 없거나 아주 작아서 기웃거리지 않는 사람에게는 좀처럼 발견되지 않을 것이다. 서점 문을 열고 들어갈 것이다. 물론 이유는 없다. 목적도 없다. 사실 서점의 문은 그런 사람들에게만 열려 있다. 서점은 밖에서 보며 상상했던 모습과 다르지 않게 내부도 작을 것이다. 작지만 누추하지 않고, 소박한 분위기라도 싸구려 같은 느낌은 아닐 것이다. 조용할 것이다. 들어가면 아무도 없거나 몇 사람이 있는데 그들은 마치 고양이처럼 서로를 간신히 의식하면서 책장을 더듬고 있을 것이다.

이 서점은 어딘가 있을지도 모르고, 있었던 곳일 수도 있고, 내일 주변을 기웃거리는 누군가에게 발견될 수도 있을 것이다. 어쩌면 세상에 존재하지 않는 장소일지도 모르고, 어쩌면 내가 십수 년 전부터 바로 여기 오래된 동네에서 운영하고 있는 헌책방일지도 모른다. 이 이야기를 엮어 내놓기까지 십 년도 넘는 시간을 다듬어 왔다. 그동안 내내 혼자가 아니었고 이 책 역시 혼자 쓴 것이 아님을 확실히 밝혀 둔다. 서점에서 일하며 나는 사람들을 만나고 그들과 함께 이야기를 나누었다. 그들이 나누어 준 이야기가 아니었다면 이 서점은 서점이 되지 못했을 것이다. 서점은 이야기들로 존재하는 곳이니까.

서점에서 만난 모든 사람에 대해 이야기하는 것은 거의 불가능하다. '거의'니까 완전무결하게 불가능한 것은 아니라는 말이다. 서점은 원래가 그런 곳이라서 거쳐 간 사람은 너무 많고 만난 책도 셀 수 없이 많지만 지금부터 소개할 세 명에 대해서는 설명이 조금 필요하다고 느낀다. 작가들이 흔히 하는 작은 '과장'을 나에게도 할 수 있도록 허락해 준다면, 나는 이 책을 이 세 명과 함께 썼다는 말부터 하고 싶다. 이들은 이 정도로 우리 서점에서 독보적인 존재다. 만약 누군가 내 말에 반대한다면, 그건 이들을 잘 모르기 때문이리라. 나 역시 전부를 아는 것은 아니지만 할 수 있는 만큼 그들을 소개하며 이 책을 마무리하고자 한다.

그는 눈이 크고 부리부리해서 마치 인형 탈을 뒤집어 쓴 것 같은 재미있는 인상을 주었다. 나는 그가 우리 서점을 몇 번 방문한 후 그의 이름을 알게 되었는데, 직접 물어본 것은 아니고 그의 친구들이 부르는 걸 들었다. 이름이 좀 이상했다. '저누주' 혹은 '조노주'? 나중에 그에게서 직접 들은 이름은, 그것도 역시 그의 얼굴 표정만큼이나 이상했는데, '전우주'였다.

전우주 씨는 이름이 주는 느낌과는 달리 우주에 별로 관심이 없다고 했다. 그는 작가이며 그렇기 때문에 이 땅에 발붙이고 사는 사람들의 인생을 탐구하는 것에 더 의미를 부여하고 있다고 얘기했다. 나는 웃으면서, 그의 이야기를 더 듣고 싶은 마음에 이렇게 화제를 이어 갔다. "하지만 작가들은 책을 좋아하잖아요? 엄청나게 많은 책들! 보르헤스는, 그러니까 온갖 책이 모여 있는 곳을 우주라고 했는데 우주라는 이름이 별로라니 아이러니네요." 그는 호기심 가득한 큰 눈을 내게로 똑바로 향한 채 대답했다. "오, 보르헤스! 그렇죠. 그런데 그건 도서관 얘기잖아요? 도서관은 우주라고 할 만하죠. 하지만 여기는 보시다시피 서점이고, 저는 서점이 더 좋습니다. 왜냐하면 도서관에 있는 책은 구입할 수가 없으니까요. 서점은 책을 살 수 있는 곳이기 때문에 막막한 우주보다는 우리 삶에 더 가까운 곳이랍니다. 책이라는 '사물'을 향한 솔직한 욕망! 그것이야말로 인간미 넘치는 태도 아니겠어요? 우주에선 꿈도 못 꿀 욕심이지요."

그것을 시작으로 우리는 책에 대해, 특히 서점에 대해 많은 이야기를 나눴다. 전우주 씨는, 아니 이제부터 그를 'G'라고 부르겠다. 내가 이 책을 쓰겠다는 말을 했을 때 그는 자기 이름을 알파벳 이니셜로 표시해 줄 것을 요청했고 무엇보다 그 첫 자를 'J'가 아닌 'G'로 해 달라고 당부했다. 알파벳 순서상으로 J가 G보다 W에 더 가깝기 때문이라는 수수께끼 같은 이유에서였다.

G는 'W'를 좋게 생각하지 않았고, 이유는 풀기 어려운 트라우마가 걸려 있기 때문이라고 말했다. 그것은 G의 어린 시설에 대한 기억이었다. 늘 그렇듯 그는 자신의 이야기를 자세하게 말하는 법이 없었다. 언제나 수수께끼였다. 그는 'W' 또는 유년기의 기억에 대해 책을 썼다며 나에게 한 권 선물한 적이 있는데 아쉽게도 나는 그것을 제대로 이해하며 읽은 적이 없다.

G는, 그러니까 W에서 조금이나마 멀리 떨어져 있기 때문에 J보다는 안심이 된다는 말이다. 나 또한 살아오며 크고 작은 트라우마를 겪었기에 G를 이해하려 노력했다. 그런 과정을 통해서 내 생활과 이곳 서점이 많은 도움과 위로를 받았다. G는 생김새와는 달리 차분한 성격이었지만 그 섬세한 태도로 다른 사람들 마음을 움직일 줄 아는 독특한 매력이 있었다. 나도 어느 정도 그 매력에 빠졌음을 인정한다. 예를 들어 그는 작품 활동을 하면서, 자신이 이전에 쓴 책에서 쓴 것과 똑같은 주제와 기법을 다시 사용하지 않는다는 원칙을 갖고 있었다. 나는 그런 흥미로운 규칙에 크게 마음이 끌렸고 내가 쓴 책에도 그 원칙을 적용했다. 그 결과 내가 이제껏 작가로 활동하며 쓴 십여 권의 책들은 모두 빛깔과 향기가 다른 꽃처럼 태어날 수 있었다.

G는 우리 서점에 자주 들렀고 올 때마다 한참동안 거의 움직이지도 않고 짙은 갈색 책장 앞에 자리를 잡고 책을 보다가 갔는데 어찌나 존재감이 미약했는지 다른 손님들은 거기 그가 있다는 걸 의식하지도 못할 정도였다. 가끔은 처음 보는 손님과 이야기를 나누다가 함께 나가기도 했는데 그야말로 아주 가끔뿐이었고 대부분은 혼자 와서 종일 그곳에 있다가 밤늦게 돌아

가곤 했다. 덕분에 나는 그와 많은 이야기를 나눌 수 있었다. 이 책의 100가지 이야기는 그가 들려준 서점과 사람들, 그들의 인생에 관한 짧은 설명서라고 요약할 수 있다.

두 번째로 소개할 사람은 '나복호' 씨인데 역시 이름이 특이해서 한 번 들으면 잊기 어려운 사람이다. 그는 일흔 살 정도 되어 보였다. 머리가 살짝 벗겨졌고 얼굴은 둥그스름한 편이라 어쩐지 옛날 사람 같았지만 서점에 올 때면 언제나 말끔한 정장에 조끼까지 맞춰 입고 들어왔다. 그 때문에 나이는 열 살 정도 어려 보였고 낡지 않은 유머 감각이 있어 나이 차이가 많은 나와도 얘기가 잘 통했다. 나복호 씨는 얘기를 할 때 작은 습관이 있었는데 무언가 주저하거나 생각을 해야 할 때면 말하는 중간에 느닷없이 "푸우—" 하면서 짧게 한숨 비슷한 소리를 내뱉는 것이었다. 그 모습이 조금 우습게 보이기도 해서 나는 그를 '나복호푸우' 씨라고 부르곤 했다. 이제부터는 그도 'N'으로 쓰겠다.

N은 한때 대학에서 학생들을 가르치는 일을 했다가 소설가가 되었다. 소설을 자주 발표하는 것은 아니었지만 새로운 작품이 나오면 사람들에게 즐거움과 불편함을 동시에 주는 재미있는 작가였다. 하지만 그는 언젠가 자신이 교수이며 작가인 것은 맞지만 결국은 '방랑자'라는 말을 했다. 나는 그것이 문학적인 은유냐고 물었고 N은 문학이 아니라 실제로 그렇다고 단호하게 답했다. 언제나 깔끔한 옷차림으로 보아 그가 떠돌아다닐 타입은 아닌 것 같아서 나는 의아했다. 하지만 나중에 듣게 된 그의 여러 말을 종합해 보니 왜 그런 말을 하는지 이해할 수 있

게 됐다. 그를 조금 더 일찍 이해했으면 좋았을걸, 아쉬움이 남
는다.

N이 방랑자로 살아온 이력은 참으로 다채롭다. 이를테면
그는 언젠가 'L'이라는 어린 소녀와 얼마간 함께 자동차로 여행
을 한 일이 있는데 그것이 사회에 큰 파장을 일으켰다. 나는 서
점에 앉아서 그 모든 모험과 좌절 그리고 절망에 대한 이야기를
끊임없이 듣고 또 들었다. 그러고 나니까 N의 다른 이야기들도
모두 궁금해졌다. N은 싫다는 내색 한 번 없이 자신이 겪은 이
야기를 아주 꼼꼼하게 들려주었다. 어쩌면 그 중간에 직접 겪지
않은 사건들에 대한 회상이 조금씩 들어 있었을 가능성도 무시
할 수 없었지만 나는 그 이야기 대부분을 믿었다.

그는 서점이 방랑자들의 안식처이기에 좋아한다고 말했다.
방랑자들의 안식처……! 이 표현이 멋진 시처럼 들려서 나는 그
에게 시를 써 본 적이 있느냐고 물었다. N은 있지만 별로 유명
하지 않고, 대신 자기 친구가 죽으면서 아주 긴 시를 한 편 남겼
는데 자신이 거기에 주석을 붙여 출판한 책이 있다고, 시보다는
차라리 그것을 읽어 보라고 권했다. 나중에 나는 그 책을 구입
해서 읽었고 크게 감탄했다.

그 일 때문에 나는 그가 교수, 소설가, 시인보다는 위대한
주석가라고 믿게 됐다. N은 서점의 모든 책과 그 책을 찾는 손
님에게 주석을 붙일 수 있다고 했다. 그런데 그 일은 자기가 할
수 있는 일이 아니라 서점 일꾼이 맡아야 한다고 주장했다. 이
책의 시작은, 그러니까 바로 그 제안 때문이었다. 그러나 내게
는 N처럼 풍성한 문학적 재능이 없다. 몇 개월 동안 그것에 대

해 우리는 이야기를 나눴고 마침내 이 책을 함께 만들기로 했다. 쓰는 일은 내가 하고 책과 사람에 붙이는 주석 작업 감수는 N이 맡는 걸로 합의했다. 이 책은 N이 절반 이상 쓴 것이나 마찬가지다. 언제까지나 나는 그에게 고맙다는 말을 멈출 수 없을 것이다.

이제 마지막으로 'K'. K는 아주 조심스러운 성격으로 끝내 자신의 실제 이름이 책에 드러나는 것을 허락하지 않았다. 그러니까 그는 처음부터 K다. K는 대단한 유머 감각을 가진 유쾌한 사람이기도 하다. 우선 그의 이름이 그렇다. K는 순서대로 읽어도, 거꾸로 읽어도 똑같은 자기 이름을 꽤 좋아한다고 여러 번 말했다.

나는 책방지기가 되기 훨씬 전에 K를 처음 만났는데, 나이를 가늠하기 어려웠으나 서른 살 중후반 정도로 보였다. 병든 사람처럼 비쩍 말랐지만 커다란 눈매에서는 무언가를 갈망하는 빛이 하염없이 쏟아져 나오고 있었다. 당시 나는 고등학생이었다. 자주 다니던 헌책방에서 K를 우연히 만났는데 무슨 이유에서인지 단박에 그를 좋아하게 될 거라는 느낌을 받았다. 어쩌면 그 눈빛 때문이었을 것이다. 그 눈빛은 문학을 닮았다. 언젠가 그는 어떤 매체와 인터뷰를 하면서 자신은 문학에 관심 있는 사람이 아니라 문학으로 만들어진 사람이라 말했다.

우리는 나이 차이가 조금 났지만 잘 어울렸고 약간 우울한 성격도 비슷했다. 사실 그가 좀 더 많이 우울했기 때문에 대개는 덜 우울한 내가 그를 즐겁게 해 주는 역할을 맡았다. 우정은 끊어지지 않고 지금까지 이어지고 있다. 내가 서점에서 일하기 시작한 다음부터는 K가 가장 자주 이곳을 들르는 단골 손님이 되었다. 다른 많은 손님들도 자연스럽게 K를 알게 되었고 더 놀라운 것은 서점에서 만나기 전부터 K에 대한 이야기를 들어 알고 있는 사람들도 꽤 많았다는 것이다.

K는 소설가인데 장편 중에서는 완성한 작품이 거의 없다. 쓰다가 포기하거나 작심하고 마무리 짓지 않은 채 발표하기도 했다. 대체로는 단편을 썼으며 작업 속도가 빠른 편이었다. 한 번은 하룻밤 사이 한 편을 탈고한 적도 있다. 대단한 재능을 가진 사람이었지만 서점 밖에서는 언제나 고독하고 빙빙 도는 답답한 삶을 살았다. 우리는 주로 서점 안에서 서점 바깥쪽 이야기를 즐겼다. 그편이 오히려 즐겁고 정신을 유쾌하게 만들었다.

심각하게 우울한 유머 감각을 지니고 있는 K가 내게 가르쳐 준 것은 책과 서점이 사람들에게 얼마나 큰 선물인가 하는 것이다. 이 책을 쓰면서 나는 K에게 들었던 재미있는 이야기와 웃지 못할 코미디 쇼 같은 우리 삶의 단편들에 대해 많이 생각했다. 책과 서점이 없었다면 암흑이 되었을지도 모르는 이 세상에 대해서도. 그러니까 이 책은 오롯이 K의 이야기를 담고 있다고 해도 괜찮다. K는 여전히 서점 저쪽 한 구석에 웅크리고 앉아 무언가를 읽고 있다. 나는 자주 그에게 묻는다. 무얼 그렇게 읽고 있느냐고. K는 읽지 않고 썼다고 말한다. 사랑하는 사람에게 보내는 편지를. 하지만 그것을 보낼지 말지는 아직 모르겠다고 말한다.

G, N, K. 나는 이 사람들이 정확히 누구인지, 남자인지 여

자인지, 몇 살인지 출신지가 어딘지 굳이 밝히고 싶지 않다. 어쩌면 지금까지 내가 늘어놓은 단서를 종합해서 이 사람들이 누구인지 알아낸 눈치 빠른 독자도 있을 것이다. 하지만 분명한 것은 지금까지 읽은 이야기에서 이 세 사람의 정체는 결코 중요하지 않았다는 사실이다. 이들을 의식하지 않고 이 책을 읽었어도 괜찮다. 그저 다 읽은 후에 이렇게 한 번 이들을 생각해 봐준다면 그것으로 충분하다.

앞서 내가 한 말들은 모두 서점에서 들었던 말, 서점이 들려준 말이다. 동시에 어떤 서점이 꼭 하고 싶었던 말이며 서점의 진짜 주인, 바로 독자들의 말이다.

**서점의 말들**
**: 내가 정말 알아야 할 모든 것은 서점에서 배웠다**

2020년 4월 14일　　초판 1쇄 발행
2022년 1월 4일　　초판 3쇄 발행

**지은이**
윤성근

| **펴낸이** | **펴낸곳** | **등록** |
| --- | --- | --- |
| 조성웅 | 도서출판 유유 | 제406-2010-000032호 (2010년 4월 2일) |

**주소**
서울시 마포구 동교로15길 30, 3층 (우편번호 04003)

| **전화** | **팩스** | **홈페이지** | **전자우편** |
| --- | --- | --- | --- |
| 02-3144-6869 | 0303-3444-4645 | uupress.co.kr | uupress@gmail.com |

| | **페이스북** | **트위터** | **인스타그램** |
| --- | --- | --- | --- |
| | facebook.com /uupress | twitter.com /uu_press | instagram.com /uupress |

| **편집** | **디자인** | **마케팅** |
| --- | --- | --- |
| 사공영, 김은경 | 이기준 | 황효선 |

| **제작** | **인쇄** | **제책** | **물류** |
| --- | --- | --- | --- |
| 제이오 | (주)민언프린텍 | 국일문화사 | 책과일터 |

ISBN 979-11-89683-37-5 03810